Sorelle Bunner

Parte I

Nei giorni in cui il traffico di new york si muoveva al ritmo del carro a cavallo cadente, quando la società applaudiva christine nilsson all'accademia di musica e si crogiolava ai tramonti della scuola del fiume hudson sui muri della national academy of design, un poco appariscente negozio con una sola vetrina era intimamente e favorevolmente conosciuto dalla popolazione femminile del quartiere confinante con piazza stuyvesant.

Era una bottega piccolissima, in uno squallido seminterrato, in una strada laterale già destinata al declino; e dalla visualizzazione miscellanea dietro il vetro della finestra e dalla brevità del segno che lo sormonta (semplicemente "sorelle bunner" in oro macchiato su fondo nero) sarebbe stato difficile per chi non lo sapesse indovinare la natura precisa dell'attività svolta dentro. Ma ciò era di poca importanza, poiché la sua fama era così puramente locale che i clienti da cui dipendeva la sua esistenza erano quasi congenitamente consapevoli dell'esatta gamma di "merce" che si trovava dalle sorelle bunner.

La casa di cui le sorelle bunner avevano annesso il seminterrato era un'abitazione privata con una facciata in mattoni, persiane verdi su cardini deboli e un'insegna da sarta nella finestra sopra il negozio. Su ogni lato dei suoi modesti tre piani c'erano edifici più alti, con facciate di pietra marrone, crepe e vesciche, balconi di ghisa e macchie d'erba infestate da gatti dietro ringhiere contorte. Anche queste case un tempo erano state private, ma ora una mensa a buon mercato riempiva il seminterrato di una, mentre l'altra si annunciava, sopra il glicine nodoso che stringeva il suo balcone centrale, come l'albergo della famiglia mendoza. Era ovvio dal cronico ammasso di barili di rifiuti al suo cancello di area e dalla superficie sfocata delle sue finestre senza tende, che le famiglie che frequentavano l'hotel mendoza non erano esigenti nei loro gusti; sebbene indubbiamente si concedessero tutta la meticolosità che potevano permettersi di pagare, e un po 'più di quanto il loro padrone di casa pensasse di avere il diritto di esprimere.

Queste tre case esemplificavano abbastanza il carattere generale della strada che, allungandosi verso est, cadde rapidamente dallo squallore allo squallore, con una frequenza crescente di insegne sporgenti e di porte oscillanti che si chiudevano o si aprivano dolcemente al tocco del rosso. Uomini col naso e bambine pallide con brocche rotte. Il centro della strada era pieno di depressioni irregolari, adatte a trattenere i lunghi vortici di polvere e paglia e carta attorcigliata che il vento spingeva su e giù per la sua triste lunghezza non curata; e verso la fine della giornata, quando il traffico era attivo, la pavimentazione fessurata formava un mosaico di banconote colorate, coperchi di lattine di pomodori, scarpe vecchie, mozziconi di sigari e bucce di banana, cementate insieme da uno strato di fango, o velato da una polvere di polvere, come determinava lo stato del tempo.

L'unico rifugio offerto dalla contemplazione di questo deprimente spreco era la vista della finestra delle sorelle bunner. I vetri erano sempre ben lavati, e sebbene la loro esposizione di fiori artificiali, fasce di flanella smerlata, cappelliere di filo metallico e barattoli di conserve fatte in casa, aveva l'indefinibile sfumatura grigiastra degli oggetti a lungo conservati nella vetrina di un museo, la finestra rivelava uno sfondo di banconi ordinati e pareti imbiancate a calce in piacevole contrasto con la sporcizia adiacente.

Le sorelle bunner erano orgogliose della pulizia del loro negozio e soddisfatte della sua umile prosperità. Non era quello che una volta avevano immaginato che sarebbe stato, ma sebbene presentasse un'immagine rimpicciolita delle loro precedenti ambizioni, consentì loro di pagare l'affitto e mantenersi in vita e senza debiti; ed era da tempo che le loro speranze erano aumentate vertiginosamente.

Di tanto in tanto, tuttavia, tra le loro ore più grigie ne arrivava una non abbastanza luminosa per essere chiamata soleggiata, ma piuttosto della tonalità argentea del crepuscolo che a volte finisce una giornata di tempesta. Era un'ora così che ann eliza, la maggiore della ditta, si stava divertendo sobriamente mentre sedeva una sera di gennaio nella stanza sul retro che fungeva da camera da letto, cucina e salotto per lei e sua sorella evelina. Nella bottega le persiane erano state abbassate, i banconi sgombrati e la merce in vetrina leggermente coperta con un vecchio lenzuolo; ma la porta del negozio rimase aperta finché non fosse tornata evelina, che aveva portato un pacco dal tintore.

Nella stanza sul retro un bollitore ribolliva sul fornello, e ann eliza aveva steso un panno su un'estremità del tavolo centrale e aveva messo vicino alla lampada da cucire ombreggiata di verde due tazze da tè, due piatti, una zuccheriera e un pezzo di torta. Il resto della stanza rimaneva in un'ombra verdastra che nascondeva discretamente il profilo di un vecchio letto di mogano sormontato dal cromo di una giovane donna in camicia da notte che si aggrappava con eloquentemente occhi roteanti a una rupe descritta in lettere miniate come la roccia dei secoli; e contro le finestre non ombreggiate si stagliavano nel crepuscolo due sedie a dondolo e una macchina da cucire.

Ann eliza, il suo viso piccolo e abitualmente ansioso levigato a una serenità insolita, e le ciocche di capelli chiari sulle tempie venate che brillavano lucenti sotto la lampada, si era seduta a tavola e stava legando, con la sua solita oggetto avvolto in carta. Di tanto in tanto, mentre lottava con la corda, che era troppo corta, le sembrava di sentire lo scatto della porta del negozio e si fermava ad ascoltare sua sorella; poi, poiché non veniva nessuno, si aggiustò gli occhiali ed entrò in un rinnovato conflitto con il pacco. In onore di qualche avvenimento di evidente importanza, aveva indossato la sua seta nera a doppia tinta e tripla girata. L'età, mentre conferiva a questo capo una patina degna di un bronzo rinascimentale, lo aveva privato di tutte le curve che la figura preraffaellita di chi lo indossava era stata in grado di imprimervi; ma questa rigidità dei contorni gli conferiva un'aria di stato sacerdotale che sembrava sottolineare l'importanza dell'occasione.

Visto così, nella sua sacramentale seta nera, un filo di pizzo rivoltato sul colletto e allacciato da una spilla a mosaico, e il suo viso levigato in armonia con il suo abbigliamento, ann eliza sembrava dieci anni più giovane che dietro il bancone, nel caldo e nel peso della giornata. Sarebbe stato difficile indovinare la sua età approssimativa come quella della seta nera, perché aveva lo stesso aspetto consumato e lucido del suo vestito; ma una lieve sfumatura di rosa aleggiava ancora sugli zigomi, come il riflesso del tramonto che a volte colora l'ovest molto tempo dopo che la giornata è finita.

Quando ebbe legato il pacco con sua soddisfazione e lo posò con furtiva precisione proprio di fronte al piatto della sorella, si sedette, con un'aria di presunta indifferenza, su una delle sedie a dondolo vicino alla finestra; e un attimo dopo si aprì la porta del negozio ed entrò evelina.

La sorella minore, che era un po 'più alta della sua maggiore, aveva un naso più pronunciato, ma un'inclinazione più debole della bocca e del mento. Si concedeva ancora la frivolezza di ondeggiare i suoi capelli chiari, e le sue piccole creste strette, rigide come le trecce di una statua assira, erano appiattite sotto un velo punteggiato che terminava sulla punta del suo naso arrossato dal freddo. Con la giacca e la gonna scarni di cashmere nero sembrava singolarmente strappata e sbiadita; ma sembrava possibile che in condizioni più felici potesse ancora riscaldarsi fino a una relativa giovinezza.

"perché, ann eliza," esclamò, con una voce sottile inclinata all'irritazione cronica, "per cosa diavolo hai indossato la tua migliore seta?"

Ann eliza si era alzata con un rossore che rendeva incongrui i suoi occhiali dalla fronte d'acciaio.

"perché, evelina, perché non dovrei, vorrei saperlo? Non è il tuo compleanno, cara?" allungò le braccia con l'imbarazzo di un'emozione abitualmente repressa.

Evelina, senza dare l'impressione di accorgersi del gesto, si scostò la giacca dalle spalle strette.

"oh, pshaw," disse, meno irritata. "immagino che faremmo meglio a rinunciare ai compleanni. Tanto quanto possiamo fare per mantenere il natale al giorno d'oggi."

"non avevi neanche una figlia a dirlo, evelina. Non stiamo così male come tutto questo. Immagino che tu abbia freddo e stanca. Mettiti a sedere mentre io tolgo il bollitore: è giusto sul punto di ebollizione."

Spinse evelina verso il tavolo, tenendo d'occhio i movimenti svogliati della sorella, mentre le sue stesse mani erano impegnate con il bollitore. Un attimo dopo arrivò l'esclamazione che aspettava.

"perché, ann eliza!" evelina rimase sbalordita alla vista del pacco accanto al suo piatto.

Ann eliza, tremulamente impegnata a riempire la teiera, alzò uno sguardo di ipocrita sorpresa.

"bene, evelina! Che succede?"

La sorella minore aveva sciolto rapidamente il filo e aveva estratto dai suoi involucri un orologio rotondo di nichel del tipo da comprare per settantacinque dollari.

"oh, ann eliza, come hai potuto?" posò l'orologio e le sorelle si scambiarono sguardi agitati attraverso il tavolo.

"beh," ribatté l'anziano, "non è il tuo compleanno?"

"si ma-"

"beh, e non dovevi correre dietro l'angolo fino alla piazza ogni mattina, con la pioggia o con il sole, per vedere che ore erano, da quando abbiamo dovuto vendere l'orologio di mamma lo scorso luglio? Non è vero, evelina?"

"si ma-"

"non ci sono ma. Abbiamo sempre voluto un orologio e ora ne abbiamo uno: è tutto qui. Non è una bellezza, evelina?" ann eliza, rimettendo il bollitore sul fornello, si chinò sulla spalla della sorella per far passare una mano di approvazione sul bordo circolare dell'orologio. "senti come ticchetta forte. Avevo paura che l'avresti sentita appena entrato."

"no. Non stavo pensando," mormorò evelina.

"beh, non sei contento adesso?" ann eliza la rimproverò gentilmente. Il rimprovero non aveva acerbità, perché sapeva che l'apparente indifferenza di evelina era animata da scrupoli inespressi.

"sono davvero contenta, sorella; ma tu non hai avuto una figlia. Avremmo potuto andare abbastanza d'accordo senza."

"evelina bunner, ti siedi solo per il tuo tè. Immagino di sapere cosa avrei riso e cosa non avrei avuto bene come te - sono abbastanza grande!"

"sei davvero brava, ann eliza; ma so che hai rinunciato a qualcosa di cui avevi bisogno per procurarmi questo orologio."

"di cosa ho bisogno, mi piacerebbe sapere? Non ho una seta nera migliore?" disse la sorella maggiore con una risata piena di nervoso piacere.

Versò il tè di evelina, aggiungendo un po 'di latte condensato dalla caraffa e tagliando per lei la fetta più grande di torta; poi avvicinò al tavolo la sua sedia.

Le due donne mangiarono in silenzio per qualche istante prima che evelina riprendesse a parlare. "l'orologio è perfettamente adorabile e non dico che non sia un conforto averlo; ma odio pensare a quanto ti deve essere costato."

"no, non è stato così, nemmeno", ribatté ann eliza. "l'ho comprato a buon mercato, se vuoi saperlo. E l'ho pagato con un po 'di lavoro extra che ho fatto l'altra sera alla macchina per la signora hawkins."

"la vita del bambino?"

"sì."

"ecco, lo sapevo! Mi avevi giurato che avresti comprato un nuovo paio di scarpe con quei soldi."

"beh, e immagino che non li volessi - e allora? Ho rattoppato quelli vecchi come nuovi - e lo dichiaro, evelina bunner, se mi fai un'altra domanda te ne andrai e rovini tutto il mio piacere. "

"molto bene, non lo farò", disse la sorella minore.

Hanno continuato a mangiare senza parole. Evelina cedette alla supplica della sorella di finire la torta, e versò una seconda tazza di tè, nella quale mise l'ultima zolletta di zucchero; e in mezzo a loro, sul tavolo, l'orologio ticchettava socievole.

"dove l'hai preso, ann eliza?" chiese evelina affascinata.

"dove hai pensato? Perché, proprio qui, sopra la piazza, nel negozio più strano su cui tu abbia mai posato gli occhi. L'ho visto dalla finestra mentre passavo, e sono entrato e ho chiesto come molto era, e il negoziante è stato davvero gentile a riguardo. Era semplicemente l'uomo più gentile. Immagino che sia tedesco. Gli ho detto che non potevo dare molto, e lui ha detto, beh, sapeva quali tempi difficili era anche il suo nome è ramy - herman ramy: l'ho visto scritto sopra il negozio. E mi ha detto che ha lavorato da tiff'ny, oh, per anni, nel reparto orologi, e tre anni fa si è ammalato con una febbre più gentile, e ha perso il suo posto, e quando si è ripreso si sono fidanzati con qualcun altro e non lo volevano, e così ha aperto questo piccolo negozio da solo. Uomo istruito, ma sembra malato. "

Evelina ascoltava con attenzione assorta. Nella vita ristretta delle due sorelle un episodio del genere non era da sottovalutare.

"come dici il suo nome era?" chiese mentre ann eliza si fermava.

"herman ramy."

"quanti anni ha?"

"beh, non potrei dirtelo con esattezza, sembrava così malato, ma non credo che abbia più di quarant'anni."

A questo punto i piatti erano stati svuotati e la teiera svuotata, e le due sorelle si alzarono da tavola. Ann eliza, allacciandosi un grembiule sulla seta nera, rimosse con cura ogni traccia del pasto; poi, dopo aver lavato tazze e piatti e averli riposti in un armadio, avvicinò la sua sedia a dondolo alla lampada e si sedette davanti a un mucchio di rammendate. Evelina, nel frattempo, aveva vagato per la stanza in cerca di un luogo dove l'orologio potesse rimanere. Al muro accanto alla devota fanciulla in dishabille era appeso un legno di palissandro con traforo ornamentale, e dopo aver pesato molto sulle alternative le sorelle decisero di detronizzare un vaso di porcellana rotto pieno di erba secca che era rimasto a lungo sul ripiano più alto, e mettere l'orologio al suo posto; il vaso, dopo un'attenta considerazione, fu relegato a un tavolino ricoperto di perline bianche e blu, che conteneva una bibbia e un libro di preghiere, e una copia illustrata delle poesie di longfellow data come premio scolastico al padre.

Fatto questo cambiamento, e l'effetto studiato da ogni angolo della stanza, evelina posò languidamente la sua macchina per il dentifricio sul tavolo e si sedette al lavoro monotono di rosolare un mucchio di balze di seta nera. Le strisce di stoffa scivolarono lentamente sul pavimento al suo fianco, e l'orologio, dalla sua altitudine dominante, segnava il tempo con il clic deprimente dello strumento sotto le sue dita.

Ii

L'acquisto dell'orologio di evelina era stato un evento più importante nella vita di ann eliza bunner di quanto sua sorella minore potesse immaginare. In primo luogo, c'era stata la soddisfazione demoralizzante di trovarsi in possesso di una somma di denaro che non aveva bisogno di mettere nella cassa comune, ma poteva spendere come voleva, senza consultare evelina, e poi l'eccitazione dei suoi viaggi furtivi all'estero, intrapreso nelle rare occasioni in cui poteva inventare un pretesto per lasciare la bottega; poiché, di regola, era evelina che portava i fagotti dal tintore e consegnava gli acquisti di quelli tra i loro clienti che erano troppo gentili per essere visti portare a casa una cuffia o un fascio di rosa ... Quindi, se non fosse stato per la scusa di dover vedere la signora. Ann eliza, la bambina che sta mettendo i denti, difficilmente avrebbe saputo quale motivo addurre per aver abbandonato il suo solito posto dietro il bancone.

La scarsa frequenza delle sue passeggiate ne fece gli eventi principali della sua vita. Il semplice atto di uscire dalla quiete monastica del negozio nel tumulto delle strade la riempì di un'eccitazione sommessa che divenne troppo intensa per il piacere mentre veniva inghiottita dal rombo travolgente di broadway o terza avenue, e cominciò a fare timida battaglia con le loro incessanti correnti incrociate di umanità. Dopo uno o due sguardi nelle grandi vetrine, di solito si lasciava trascinare di nuovo al riparo di una strada laterale, e alla fine riacquistava il suo tetto in uno stato di smarrimento e stanchezza senza fiato; ma a poco a poco, man mano che i suoi nervi venivano calmati dalla familiare quiete della piccola bottega, e dal ticchettio del mignolo di evelina, certe immagini e suoni si sarebbero distaccati dal torrente lungo il quale era stata trascinata, e lei avrebbe dedicato il resto il giorno ad una ricostruzione mentale dei diversi episodi del suo cammino, finché finalmente si concretizzò nel suo pensiero come un'esperienza consecutiva e coloratissima, dalla quale, per settimane dopo, avrebbe distaccato qualche ricordo frammentario nel corso del suo lungo dialoghi con la sorella.

Ma quando, all'inconsueta eccitazione di uscire, si aggiunse l'interesse più intenso di cercare un regalo per evelina, l'agitazione di ann eliza, acuita dall'occultamento, in realtà predò il suo riposo; e solo dopo che il regalo era stato consegnato, e lei si era liberata dalle esperienze legate al suo acquisto, poteva guardare indietro con qualcosa di simile a quel momento emozionante della sua vita. Da quel giorno in poi, però, cominciò a provare un certo tranquillo piacere nel pensare al signor. La piccola bottega di ramy, non dissimile dalla sua nella sua oscurità campestre, sebbene lo strato di polvere che copriva il bancone e gli scaffali rendesse il confronto accettabile solo superficialmente. Tuttavia, non ha giudicato severamente lo stato del negozio, per il sig. Ramy le aveva detto che era solo al mondo e che gli uomini soli, ne era consapevole, non sapevano come affrontare la polvere. Le dava una buona dose di occupazione chiedersi perché non si fosse mai sposato o se, d'altro canto, fosse vedovo e avesse perso tutti i suoi cari figlioli; e sapeva a malapena quale alternativa sembrava renderlo più interessante. In entrambi i casi, la sua vita era sicuramente triste; e passava molte ore a speculare sul modo in cui probabilmente trascorreva le serate. Sapeva che lui abitava in fondo alla bottega, perché entrando aveva intravisto una stanza squallida con un letto rovesciato; e l'odore pervadente degli avannotti faceva pensare che probabilmente cucinasse lui stesso. Si domandò se non gli facesse spesso il tè con l'acqua non bollita e si domandò, quasi gelosamente, chi si occupava della bottega mentre andava al mercato. Poi le venne in mente molto probabile che avesse comprato le sue provviste allo stesso mercato di evelina; e lei era affascinata dal pensiero che lui e sua sorella potessero incontrarsi costantemente nella totale incoscienza del legame tra loro. Ogni volta che raggiungeva questo stadio dei suoi riflessi, alzava uno sguardo furtivo all'orologio, il cui forte ticchettio staccato stava diventando parte del suo essere più intimo.

Il seme seminato da queste lunghe ore di meditazione germinò finalmente nel segreto desiderio di andare una mattina al mercato al posto di evelina. Quando questo scopo salì alla superficie dei pensieri di ann eliza, lei si ritrasse timidamente dalla sua contemplazione. Un piano così intriso di doppiezza non aveva mai preso forma nella sua anima cristallina. Come è stato possibile per lei considerare un simile passo? E inoltre (non possedeva una logica sufficiente per segnare la tendenza al ribasso di questo "oltre"), quale scusa poteva fornire per non eccitare la curiosità della sorella? Da questa seconda domanda è stata una facile discesa alla terza: quanto presto sarebbe riuscita ad andare?

Era la stessa evelina, che forniva il pretesto necessario svegliandosi con il mal di gola il giorno in cui di solito andava al mercato. Era sabato, e dato che la domenica mangiavano sempre il loro pezzo di bistecca, la spedizione non poteva essere rimandata, e sembrava naturale che ann eliza, legando una vecchia calza alla gola di evelina, annunciasse la sua intenzione di recarsi presso il macelleria.

"oh, ann eliza, ti imbrogliano così", gemette sua sorella.

Ann eliza spazzò via l'accusa con un sorriso, e pochi minuti dopo, avendo sistemato la stanza e dato un'ultima occhiata al negozio, si stava legando il cappello con frettolosa fretta.

La mattina era umida e fredda, con un cielo pieno di nuvole imbronciate che non avrebbero fatto spazio al sole, ma che per il momento cadevano solo un occasionale fiocco di neve. Nella prima luce la strada sembrava la sua più meschina e trascurata; ma ad ann eliza, mai molto turbata da alcun disordine di cui non era responsabile, sembrava assumere un aspetto singolarmente amichevole.

Pochi minuti di cammino l'hanno portata al mercato dove evelina faceva i suoi acquisti e dove, se aveva un senso di forma topografica, il sig. Anche ramy deve fare i conti.

Ann eliza, attraversando la periferia di barili di patate e pesce flaccido, non trovò nessuno nel negozio se non il macellaio dal grembiule insanguinato che stava sullo sfondo a tagliare le braciole.

Mentre lei gli si avvicinava attraverso la tassellatura di squame di pesce, sangue e segatura, lui mise da parte la sua mannaia e non gli chiese: "sorella malata?"

"oh, non molto ... Scherzo," rispose, colpevolmente come se la malattia di evelina fosse stata simulata. "vogliamo una bistecca come al solito, per favore, e mia sorella ha detto che dovevi assicurarmi di darmi per scherzo un taglio buono come se fosse lei", aggiunse con candore infantile.

"oh, va tutto bene." il macellaio raccolse la sua arma con un sorriso. "tua sorella conosce un taglio bene come chiunque di noi", ha osservato.

In un altro momento, rifletté ann eliza, la bistecca sarebbe stata tagliata e incartata, e non le restava altra scelta che girare i suoi passi delusi verso casa. Era troppo timida per tentare di ritardare il macellaio con le arti discorsive che possedeva, ma l'approccio di una vecchia signora sorda con una cuffia e un mantello antiquati le diede la sua opportunità.

"aspetta prima lei, per favore," sussurrò ann eliza. "non ho fretta."

Il macellaio si avvicinò al suo nuovo cliente e ann eliza, palpitando nel retro della bottega, vide che le esitazioni della vecchia signora tra il fegato e le costolette di maiale si sarebbero protratte indefinitamente. Erano ancora irrisolti quando fu interrotta dall'ingresso di una ragazza irlandese gonfia con un cesto sul braccio. Il nuovo arrivato provocò un momentaneo diversivo, e quando se ne fu andata la vecchia signora, che evidentemente era intollerante all'interruzione quanto una narratrice professionista, insistette per tornare all'inizio del suo complicato ordine, e soppesare di nuovo, con un ansioso appello a l'arbitrato del macellaio, i relativi vantaggi del maiale e del fegato. Ma anche le sue esitazioni, e l'intrusione su di loro di altri due o tre clienti, furono inutili, per il sig. Ramy non era tra quelli che entravano nel negozio; e alla fine ann eliza, vergognandosi di trattenersi più a lungo, reclamò con riluttanza la sua bistecca e tornò a casa nella neve ispessita.

Anche al suo semplice giudizio la vanità delle sue speranze era evidente, e nella chiara luce che la delusione gira sulle nostre azioni si chiedeva come avrebbe potuto essere così sciocca da supporlo, anche se il signor. Ramy è andato in quel particolare mercato, avrebbe colpito lo stesso giorno e l'ora di lei.

Seguì una settimana incolore non segnata da un ulteriore incidente. La vecchia calza curò la gola di evelina e la signora. Una o due volte la hawkins è entrata a parlare dei denti del suo bambino; furono ricevuti alcuni nuovi ordini per il pinking ed evelina vendette una cuffia alla signora con le maniche a sbuffo. La signora con le maniche a sbuffo - residente nella "piazza", di cui non avevano mai saputo il nome, perché portava sempre a casa i suoi pacchi - era la figura più distinta e interessante al loro orizzonte. Era giovanile, elegante (come implicava il titolo che le avevano dato) e aveva un sorriso dolce e triste di cui avevano intessuto molte storie; ma anche la notizia del suo ritorno in città - era la sua prima apparizione quell'anno - non riuscì a suscitare l'interesse di ann eliza. Tutti i piccoli avvenimenti quotidiani che una volta erano bastati a riempire le ore ora le apparivano nella loro mortale insignificanza; e per la prima volta nei suoi lunghi anni di fatica si ribellò all'ottusità della sua vita. Con evelina tali accessi di malcontento erano abituali e apertamente proclamati, e ann eliza li scusava ancora come una delle prerogative della giovinezza. Inoltre, la provvidenza non aveva voluto che evelina si struggesse in una vita così angusta: nel piano originale delle cose, era stata pensata per sposarsi e avere un bambino, indossare la seta la domenica e prendere una parte di primo piano in un circolo ecclesiastico. . Fino a quel momento l'opportunità l'aveva interpretata falsa; e nonostante tutte le sue aspirazioni superiori e i capelli accuratamente arricciati era rimasta oscura e non cercata come ann eliza. Ma la sorella maggiore, che da tempo aveva accettato il proprio destino, non aveva mai accettato quello di evelina. Una volta un simpatico giovane che insegnava alla scuola domenicale aveva fatto qualche timida visita alla giovane signorina bunner. Erano passati anni da allora, e lui era rapidamente scomparso dalla loro vista. Se avesse portato con sé qualche illusione di evelina, ann eliza non l'aveva mai scoperto; ma le sue attenzioni avevano rivestito sua sorella di un alone di squisite possibilità.

Ann eliza, a quei tempi, non si era mai sognata di concedersi il lusso dell'autocommiserazione: sembrava un diritto personale di evelina quanto i suoi capelli riccamente arricciati. Ma ora cominciò a trasferire a se stessa una parte della simpatia che da tanto tempo aveva accordato a evelina. Aveva finalmente riconosciuto il suo diritto di procurarsi alcune opportunità perse; e una volta stabilito quel pericoloso precedente, cominciarono ad affollarsi nella sua memoria.

Fu in questa fase della trasformazione di ann eliza che evelina, alzando lo sguardo una sera dal suo lavoro, disse improvvisamente: "mio! Si è fermata".

Ann eliza, alzando gli occhi da una cucitura di lana merino marrone, seguì lo sguardo della sorella attraverso la stanza. Era lunedì e la domenica caricavano sempre l'orologio.

"sei sicura di averla ferita ieri, evelina?"

"scherzo sicuro come vivo io. Deve essere al verde. Vado a vedere."

Evelina posò il cappello che stava tagliando e prese l'orologio dalla mensola.

"ecco - lo sapevo! È ferita, scherzosamente tanto stretta - cosa le è successo, ann eliza?"

"non lo so, ne sono sicura," disse la sorella maggiore, asciugandosi gli occhiali prima di procedere ad un attento esame dell'orologio.

Con la testa ansiosamente piegata le due donne lo scossero e lo girarono, come se cercassero di rianimare un essere vivente; ma rimase insensibile al loro tocco, e infine evelina lo posò con un sospiro.

"sembra che sia morto qualcosa, non è vero, ann eliza? Com'è immobile la stanza!"

"sì, non è vero?"

"beh, la rimetterò al posto che le appartiene," continuò evelina, con il tono di chi si appresta a svolgere gli ultimi incarichi per i defunti. "e immagino", aggiunse, "dovrai fare un salto da mr ramy domani, e vedere se può aggiustarla."

La faccia di ann eliza bruciava. "io ... Sì, credo che dovrò," balbettò, chinandosi per raccogliere un rocchetto di cotone che era rotolato a terra. Un improvviso battito cardiaco allungò le cuciture del suo seno piatto di alpaca e un battito si animò in ciascuna delle sue tempie.

Quella notte, molto tempo dopo che evelina si era addormentata, ann eliza giaceva sveglia in un silenzio insolito, più acutamente conscia della vicinanza dell'orologio storpio rispetto a quando aveva volubilmente annunziato i minuti. La mattina dopo si svegliò da un sogno tormentato di averlo portato al sig. Ramy's, e ha scoperto che lui e il suo negozio erano scomparsi; e durante le occupazioni della giornata il ricordo di questo sogno la opprimeva.

Era stato convenuto che ann eliza avrebbe dovuto riparare l'orologio non appena avevano cenato; ma mentre erano ancora a tavola una ragazzina dagli occhi deboli con un grembiule nero pugnalato con innumerevoli spilli irruppe in loro con un grido: "oh, signorina bunner, per carità! La signorina mellins è stata ripresa di nuovo".

La signorina mellins era la sarta di sopra e la bambina dagli occhi deboli uno dei suoi giovani apprendisti.

Ann eliza si alzò dal suo posto. "vengo subito. Presto, evelina, la cordiale!"

Con questo nome eufemistico le sorelle designavano una bottiglia di acquavite di ciliegie, l'ultima di una dozzina ereditata dalla nonna, che tenevano chiusa nell'armadio contro simili emergenze. Un attimo dopo, cordiale in mano, ann eliza si stava affrettando al piano di sopra dietro la bambina dagli occhi deboli.

Il "turno" della signorina mellins era sufficientemente serio da trattenere ann eliza per quasi due ore, e il crepuscolo era calato quando lei prese la bottiglia esaurita di cordiale e scese di nuovo al negozio. Era vuoto, come al solito, ed evelina sedeva alla sua macchina per fare il rosa nel retrobottega. Ann eliza era ancora agitata dai suoi sforzi per restaurare la sarta, ma nonostante la sua preoccupazione fu colpita, non appena entrò, dal forte ticchettio dell'orologio, che era ancora sullo scaffale dove l'aveva lasciato .

"perché, sta andando!" ansimò, prima che evelina potesse interrogarla sulla signorina mellins. "ha ricominciato da sola?"

"oh, no; ma non potevo sopportare di non sapere che ora fosse, mi sono così abituato a averla in giro; e subito dopo che sei andato di sopra la signora hawkins è venuta, quindi le ho chiesto di occuparsi del negozio per un minuto, e ho applaudito le mie cose e sono corso da casa del signor ramy. Si è scoperto che non c'era niente che non andasse con lei - niente solo un granello di polvere in lavorazione - e lui l'ha aggiustata per me tra un minuto e l'ho riportata indietro. Non è bello sentirla andare di nuovo? Ma parlami della signorina mellins, presto! "

Per un momento ann eliza non trovò parole. Solo quando ha saputo di aver perso la sua occasione non ha capito quante speranze vi erano state sospese. Anche adesso non sapeva perché avesse tanto desiderato rivedere l'orologiaio.

"immagino sia perché non mi è mai successo niente," pensò, con una fitta di invidia per il destino che dava a evelina ogni opportunità che gli si presentava. "aveva anche l'insegnante della scuola domenicale" mormorò tra sé ann eliza; ma era ben addestrata nelle arti della rinuncia, e dopo una pausa appena percettibile si tuffò in una descrizione dettagliata del "turno" della sarta.

Evelina, quando la sua curiosità fu risvegliata, era un'insaziabile interrogatrice, ed era ora di cena prima che fosse giunta alla fine delle sue domande sulla signorina mellins; ma quando le due sorelle si furono sedute al loro pasto serale, ann eliza trovò finalmente la possibilità di dire: "così aveva solo un granello di polvere in lei".

Evelina comprese subito che il riferimento era di non perdere mellins. "sì, almeno lui la pensa così," rispose lei, servendosi come ovvio per la prima tazza di tè.

"ci penso io!" mormorò ann eliza.

"ma non ne è sicuro," continuò evelina, spingendo distrattamente la teiera verso la sorella. "potrebbe essere qualcosa che non va con ... Non ricordo come lo chiamava. In ogni caso, ha detto che avrebbe fatto visita e vedremo, giorno dopo domani, dopo cena."

"chi ha detto?" ansimò ann eliza.

"perché, signor ramy, naturalmente. Penso che sia molto carino, ann eliza. E non credo che abbia quarant'anni; ma sembra malato. Immagino sia piuttosto solo, tutto da solo in quel negozio. Come mi aveva detto così, e in qualche modo "— evelina fece una pausa e si prese le briglie—" ho pensato che forse il suo dire che avrebbe chiamato 24 ore su 24 era solo una scusa. L'ha detto proprio mentre stavo uscendo dal negozio . Cosa ne pensi, ann eliza? "

"oh, non lo so molto." per salvarsi, ann eliza non poteva produrre niente di più caldo.

"beh, non pretendo di essere più intelligente degli altri", disse evelina, mettendosi una mano cosciente sui capelli, "ma immagino che il signor herman ramy non sarebbe dispiaciuto di passare una serata qui, invece di spendere tutto solo in quel suo posticino angusto. "

La sua autocoscienza irritava ann eliza.

"immagino che abbia molti amici suoi," disse, quasi aspra.

"no, non lo è neanche lui. Non ne ha quasi nessuno."

"te l'ha detto anche lui?" perfino alle sue stesse orecchie ci fu un debole ghigno durante l'interrogatorio.

"sì, l'ha fatto," disse evelina, abbassando le palpebre con un sorriso. "sembrava solo pazzo a parlare con qualcuno, qualcuno di gradevole, voglio dire. Penso che l'uomo sia infelice, ann eliza."

"anch'io" disse la sorella maggiore.

"anche lui sembra un uomo così istruito. Stava leggendo il giornale quando sono entrato. Non è triste pensare che è stato ridotto a quel piccolo negozio, dopo essere stato per anni a tiff'ny's, e uno dei capi? Nel loro reparto orologi? "

"ti ha detto tutto questo?"

"perché, sì. Penso che mi avrebbe detto che gli sarebbe mai successo tutto se avessi avuto il tempo di restare ad ascoltare. Ti dico che è morto solo, ann eliza."

"sì", ha detto ann eliza.

Iii

Due giorni dopo, ann eliza notò che evelina, prima che si
sedessero a cena, appuntò un fiocco rosso sotto il colletto; e
quando il pasto fu finito, la sorella minore, che di rado si
occupava di sparecchiare la tavola, si mise in moto con fretta
nervosa per aiutare ann eliza a togliere i piatti.

"odio vedere il cibo che si confonde," borbottò. "non è odioso
dover fare tutto in una stanza?"

"oh, evelina, ho sempre pensato che fossimo così a nostro agio,"
protestò ann eliza.

"beh, quindi siamo abbastanza a nostro agio; ma suppongo che
non ci sia nulla di male nel dire che vorrei che avessimo un
salotto, vero? Comunque, potremmo riuscire a comprare un
paravento per nascondere il letto."

Ann eliza colorato. C'era qualcosa di vagamente imbarazzante
nel suggerimento di evelina.

"penso sempre che se chiediamo di più quello che abbiamo
potrebbe venirci tolto", azzardò.

"beh, chi l'ha preso non otterrebbe molto," ribatté evelina con
una risata mentre spazzava la tovaglia.

Pochi istanti dopo la stanza sul retro era nel suo solito ordine
impeccabile e le due sorelle si erano sedute vicino alla lampada.
Ann eliza aveva iniziato a cucire ed evelina si stava preparando a
fare fiori artificiali. Le suore di solito relegavano questa faccenda
più delicata al lungo tempo libero dei mesi estivi; ma quella sera
evelina aveva tirato fuori la scatola che giaceva tutto l'inverno

sotto il letto, e aveva steso davanti a lei un luminoso assortimento di petali di mussola, stami gialli e corolle verdi, e un vassoio di piccoli strumenti curiosamente suggestivi dell'arte dentale. Ann eliza non ha fatto commenti su questo insolito procedimento; forse immaginava perché, poiché quella sera sua sorella aveva scelto un compito grazioso.

Subito un colpo alla porta esterna li fece alzare; ma evelina, la prima in piedi, disse prontamente: "siediti ferma. Vedrò chi è".

Ann eliza era contenta di stare ferma: la sottoveste della bambina che stava cucendo le tremava tra le dita.

"sorella, ecco il signor ramy che viene a vedere l'orologio", disse evelina, un attimo dopo, con il tono acuto che coltivava davanti agli estranei; e un uomo piccoletto con una pallida faccia barbuta e il bavero rialzato entrò rigidamente nella stanza.

Ann eliza lasciò cadere il suo lavoro mentre si alzava. "sei il benvenuto, ne sono sicuro, signor ramy. È davvero gentile da parte tua chiamare."

"annuisci a tutti, signora." la tendenza a illustrare la legge di grimm nell'interscambio delle sue consonanti tradiva la nazionalità dell'orologiaio, ma evidentemente era abituato a parlare inglese, o almeno quel particolare ramo del volgare con cui le sorelle bunner avevano familiarità. "non mi piace far uscire un orologio dal mio negozio senza essere sicuro che dia soddisfazione", ha aggiunto.

"oh, ma siamo rimasti soddisfatti", lo rassicurò ann eliza.

"ma non lo ero, vede, signora", ha detto il sig. Ramy guarda lentamente per la stanza, "né io non lo sarò, non finché non vedrò che l'orologio sta andando bene."

"posso aiutarti a toglierti il cappotto, signor ramy?" evelina si è interposta. Non avrebbe mai potuto fidarsi di ann eliza per ricordare queste cerimonie di apertura.

"grazie, signora," rispose, e prendendo il soprabito e il cappello trasandato li lasciò cadere su una sedia con il gesto che immaginava che la signora con le maniche a sbuffo avrebbe potuto usare in occasioni simili. Il senso sociale di ann eliza fu risvegliato e lei sentì che il prossimo atto di ospitalità doveva essere il suo. "non ti adatti a un posto?" ha suggerito. "mia sorella allungherà la mano all'orologio; ma sono sicura che sta di nuovo bene. È diventata bellissima da quando l'hai aggiustata."

"va bene", ha detto il sig. Ramy. Le sue labbra si aprirono in un sorriso che mostrava una fila di denti giallastri con uno o due spazi vuoti; ma nonostante questa rivelazione ann eliza trovò il suo sorriso estremamente piacevole: c'era qualcosa di malinconico e conciliante in esso che concordava con il pathos delle sue guance infossate e degli occhi sporgenti. Mentre prendeva la lampada, la luce cadeva sulla sua fronte sporgente e sull'ampio cranio ricoperto di peli grigiastri. Le sue mani erano pallide e larghe, con giunture nodose e punte quadrate delle dita orlate di sporcizia; ma il suo tocco era leggero come quello di una donna.

"bene, signore, l'orologio va bene," pronunciò.

"sono sicura che ti siamo molto grati," disse evelina, lanciando uno sguardo alla sorella.

"oh," mormorò ann eliza, rispondendo involontariamente all'ammonimento. Scelse una chiave dal mazzo che le pendeva in vita con le forbici da ritagliare e, inserendola nella serratura dell'armadio, ne tirò fuori l'acquavite di ciliegie e tre bicchieri antiquati con incisioni di ghirlande di vite.

"è una notte molto fredda," disse, "e forse vorresti un sorso di questo cordiale. È stato fatto molto tempo fa da nostra nonna."

"sembra a posto", ha detto il sig. Ramy si inchinava e ann eliza riempiva i bicchieri. Tra le sue e quelle di evelina ne versò solo poche gocce, ma riempì fino all'orlo quelle dell'ospite. "io e mia sorella raramente prendiamo vino", ha spiegato.

Con un altro inchino, che includeva entrambe le sue hostess, il sig. Ramy bevve il brandy di ciliegie e lo dichiarò eccellente.

Evelina intanto, con una presunzione di industria intesa a mettere a proprio agio il loro ospite, aveva preso i suoi strumenti e stava torcendo un petalo di rosa in forma.

"lei fa fiori artificiali, vedo, signora", ha detto il sig. Ramy con interesse. "è un lavoro molto carino. Avevo un'amica in shermany che faceva fiori." allungò un dito quadrato per toccare il petalo.

Evelina arrossì un po '. "hai lasciato la germania molto tempo fa, suppongo?"

"cara me sì, un goot tempo fa. Ero solo ninedeen quando sono venuto negli stati uniti."

Dopo di che la conversazione si è trascinata ad intermittenza fino a quando il sig. Ramy, scrutando per la stanza con lo sguardo miope della sua razza, disse con aria interessata: "sei piacevolmente fissato qui; sembra proprio accogliente". La nota di malinconia nella sua voce era oscuramente commovente per ann eliza.

"oh, viviamo molto chiaramente", disse evelina, con un'affettazione di grandezza profondamente impressionante per sua sorella. "abbiamo gusti molto semplici".

"sembri davvero a tuo agio, comunque", ha detto il sig. Ramy. I suoi occhi sporgenti sembravano raccogliere i dettagli della scena con una gentile invidia. "vorrei avere un negozio altrettanto buono; ma immagino che nessun blace sembri di casa quando ci sei sempre solo."

Per qualche minuto in più la conversazione proseguì a questo ritmo discontinuo, e poi mr. Ramy, che evidentemente si era innervosito per il difficile atto della partenza, se ne andò con una brusca frenesia che avrebbe spaventato chiunque fosse abituato alle gradazioni più sottili del rapporto. Ma per ann eliza e sua sorella non c'era nulla di sorprendente nella sua brusca ritirata. Le lunghe sofferenze di prepararsi a partire, e il conseguente muto tuffo attraverso la porta, erano così usuali nel loro cerchio che sarebbero stati imbarazzati quanto il signor. Ramy se avesse cercato di mettere un po 'di scioltezza nel suo adieux.

Dopo che se ne fu andato le due sorelle rimasero in silenzio per un po '; poi evelina, mettendo da parte il suo fiore incompiuto, disse: "vado a chiudere a chiave".

Iv

Insopportabilmente monotono, ora alle sorelle bunner sembrava la routine del negozio, incolore e lunghe le loro serate intorno alla lampada, il loro abituale scambio di parole con lo stanco accompagnamento delle macchine da cucire e da rosicchiare.

Fu forse con l'idea di alleviare la tensione del loro umore che evelina, la domenica successiva, suggerì di invitare a cena la signorina mellins. Le sorelle bunner non erano in grado di elargire la più umile ospitalità, ma due o tre volte l'anno condividevano la cena con un amico; e la signorina mellins, ancora arrossata dall'importanza del suo "turno", sembrava l'ospite più interessante che potessero invitare.

Mentre le tre donne si sedevano al tavolo della cena, impreziosite dall'insolita aggiunta di ciambellone e sottaceti dolci, l'acuta persona scura della sarta risaltava vividamente tra le sorelle dai colori neutri. La signorina mellins era una donna piccola con una faccia gialla lucida e un crespo di capelli neri irti di spille a forma di guscio di tartaruga. Le sue maniche avevano un taglio alla moda e una mezza dozzina di braccialetti di metallo le tintinnavano sui polsi. La sua voce risuonava come i suoi braccialetti mentre versava un flusso di aneddoti ed eiaculazione; ei suoi occhi neri e rotondi balzavano con velocità acrobatica da una faccia all'altra. La signorina mellins aveva o sentiva sempre avventure incredibili. Aveva sorpreso uno scassinatore nella sua stanza a mezzanotte (sebbene come fosse arrivato lì, di cosa l'aveva derubata e con quali mezzi fosse scappato non era mai stato del tutto chiaro ai suoi auditor); era stata avvertita da lettere anonime che il suo droghiere (un corteggiatore rifiutato) stava mettendo del veleno nel suo tè; aveva una cliente seguita da investigatori e un'altra (una donna molto ricca) che era stata arrestata in un grande magazzino per cleptomania; era stata presente a una seduta spiritica in cui un vecchio gentiluomo era morto in un impeto nel vedere una materializzazione di sua suocera; era scappata da due fuochi in camicia da notte, e al funerale del suo cugino di primo grado i cavalli attaccati al carro funebre erano scappati e avevano fracassato la bara, facendo precipitare il suo parente in un tombino aperto davanti agli occhi della sua famiglia distratta .

Un osservatore scettico avrebbe potuto spiegare la propensione all'avventura della signorina mellins dal fatto che lei traeva il suo principale nutrimento mentale dal bollettino della polizia e dal settimanale davanti al fuoco; ma la sua sorte era racchiusa in un cerchio in cui era improbabile che simili insinuazioni venissero ascoltate e in cui il ruolo principale in un dramma agghiacciante era stato a lungo riconosciuto come suo diritto.

"sì," stava dicendo ora, i suoi occhi enfatici su ann eliza, "potresti non crederci, signorina bunner, e non so se dovrei farlo anch'io se qualcun altro me lo deve dire, ma più di un anno prima è nata, mia madre è andata a trovare un indovino zingaro che è stato esposto in una tenda sulla batteria con la signora dai capelli verdi, anche se suo padre l'ha avvertita di non farlo ... E cosa supponi le abbia detto? Perché, le diceva proprio queste parole, diceva: "il tuo prossimo figlio sarà una ragazza con riccioli neri come il corvino e soffrirà di spasmi".

"misericordia!" mormorò ann eliza, un'increspatura di compassione che le scorreva lungo la schiena.

"ha mai avuto spasmi prima, signorina mellins?" chiese evelina.

"sì, signora," dichiarò la sarta. "e dove pensavi che le avessi? Perché, al matrimonio di mia cugina emma mcintyre, lei che ha sposato lo speziale a jersey city, anche se sua madre le è apparsa in sogno e le ha detto che si sarebbe pentita del giorno in cui aveva l'ha fatto, ma come ha detto emma, ha ricevuto più consigli di quanti ne voleva dai vivi, e se avesse ascoltato anche gli spettri non sarebbe mai stata sicura di quello che avrebbe dovuto fare e di quello che non avrebbe dovuto; ma dirò che suo marito ha iniziato a bere, e non è mai stata la stessa donna dopo il suo bambino - beh, hanno avuto un elegante matrimonio in chiesa, e quello che supponi ho visto mentre camminavo lungo la navata con il matrimonio percessione? "

"bene?" sussurrò ann eliza, dimenticandosi di infilare l'ago.

"perché, una bara, certo, proprio sul gradino più alto del presbiterio - i genitori di emma sono 'piscopaliani e lei avrebbe un matrimonio in chiesa, anche se sua madre ha sollevato un terribile tumulto su di essa - beh, eccolo lì, proprio in davanti al punto in cui si trovava il ministro che li avrebbe sposati, una bara coperta da un drappo di velluto nero con una frangia d'oro e un "cancello socchiuso" in camelie bianche in cima. "

"bontà," disse evelina, trasalendo, "c'è un colpo!"

"chi può essere?" rabbrividì ann eliza, ancora sotto l'incantesimo dell'allucinazione di miss mellins.

Evelina si alzò e accese una candela per guidarla attraverso il negozio. La sentirono girare la chiave della porta esterna, e una folata d'aria notturna agitò l'atmosfera intima della stanza sul retro; poi ci fu un suono di esclamazioni vivaci, ed evelina tornò con mr. Ramy.

Il cuore di ann eliza sussultava come una barca in un mare agitato e gli occhi della sarta, dilatati dalla curiosità, balzavano impazienti da un viso all'altro.

"ho solo pensato di chiamare di nuovo", ha detto il sig. Ramy, evidentemente un po 'sconcertato dalla presenza della signorina mellins. "solo per vedere come si comporta l'orologio," aggiunse con il suo sorriso dalle guance incavate.

"oh, si sta comportando in modo meraviglioso", ha detto ann eliza; "ma siamo davvero contenti di vederti lo stesso. Signorina mellins, lascia che ti faccia conoscere il signor ramy."

La sarta gettò indietro la testa e abbassò le palpebre riconoscendo condiscendente la presenza dello sconosciuto; e il sig. Ramy rispose con un goffo inchino. Dopo il primo momento di costrizione un rinnovato senso di soddisfazione riempì la coscienza delle tre donne. Le sorelle bunner non erano dispiaciute di lasciare che la signorina mellins vedesse che avevano ricevuto una visita serale occasionale, e la signorina mellins era chiaramente incantata dall'opportunità di riversare la sua ultima storia in un nuovo orecchio. Come per mr. Ramy, si è adattato alla situazione con maggiore facilità di quanto ci si potesse aspettare, ed evelina, che si era pentita di entrare nella stanza mentre i resti della cena ancora indugiavano sul tavolo, arrossì di piacere per la sua offerta di buon umore per aiutarla a "distogliere lo sguardo".

Il tavolo sparecchiato, ann eliza suggerì una partita a carte; ed erano le undici passate quando il sig. Ramy si alzò per congedarsi. I suoi addii furono tanto meno bruschi che in occasione della sua prima visita che evelina poté soddisfare il suo senso dell'etichetta accompagnandolo, candela in mano, alla porta esterna; e mentre i due scomparivano nel negozio, la signorina mellins si rivolse scherzosamente ad ann eliza.

"bene, bene, signorina bunner," mormorò, muovendo il mento in direzione delle figure che si ritiravano, "non immaginavo che tua sorella stesse tenendo compagnia. Pensaci!"

Ann eliza, risvegliata da uno stato di sognante beatitudine, rivolse i suoi timidi occhi alla sarta.

"oh, vi sbagliate, signorina mellins. Non conosciamo molto bene il signor ramy."

La signorina mellins sorrise incredula. "lei va 'a lungo, signorina bunner. Immagino che da qualche parte ci sarà un matrimonio da queste parti prima della primavera, e sarò davvero offeso se non mi chiedessero di fare il vestito. L'ho sempre vista in un incornato raso con cappottini. "

Ann eliza non ha risposto. Era diventata molto pallida e il suo sguardo si soffermò su evelina mentre la sorella minore rientrava nella stanza. Le guance di evelina erano rosa e gli occhi azzurri luccicavano; ma ad ann eliza sembrava che l'inclinazione civettuola della sua testa accentuasse purtroppo la debolezza del suo mento sfuggente. Era la prima volta che ann eliza vedeva un difetto nella bellezza di sua sorella e le sue critiche involontarie l'avevano spaventata come una segreta slealtà.

Quella notte, dopo che la luce fu spenta, la sorella maggiore si inginocchiò più a lungo del solito alle sue preghiere. Nel silenzio della stanza buia offriva certi sogni e aspirazioni il cui breve sbocciare aveva conferito alle sue giornate una fugace freschezza. Ora si chiedeva come avrebbe mai potuto supporre che il signor. Le visite di ramy avevano un'altra causa rispetto a quella suggerita dalla signorina mellins. La vista di evelina non gli aveva ispirato per la prima volta un'improvvisa sollecitudine per il benessere dell'orologio? E quali incantesimi se non quello di evelina avrebbero potuto indurlo a ripetere la sua visita? Il dolore alzò la torcia contro il fragile tessuto delle illusioni di ann eliza, e con cuore fermo le guardò avvizzire in cenere; poi, alzandosi dalle ginocchia piena della gelida gioia della rinuncia, posò un bacio sulle spille arricciate dell'evelina addormentata e si infilò sotto il copriletto al suo fianco.

V

Nei mesi successivi, il sig. Ramy visitava le suore con sempre maggiore frequenza. Era diventata sua abitudine andare a trovarli ogni domenica sera e ogni tanto durante la settimana trovava una scusa per presentarsi senza preavviso mentre si mettevano al lavoro accanto alla lampada. Ann eliza notò che evelina ora prendeva la precauzione di indossare il suo arco cremisi ogni sera prima di cena, e che aveva rimesso a nuovo con un po 'di pizzo accuratamente lavato la seta nera che chiamavano ancora nuova perché era stata acquistata un anno dopo quella di ann eliza .

Sig. Ramy, man mano che diventava più intimo, diventava meno colloquiale, e dopo che le suore gli ebbero concesso il privilegio di una pipa arrossendo, iniziò a concedersi lunghi periodi di silenzio meditativo che non erano privi di fascino per le sue hostess. C'era qualcosa di fortificante e allo stesso tempo pacifico nel senso di quella tranquilla presenza maschile in un'atmosfera che per tanto tempo aveva fremito di piccoli dubbi e angosce femminili; e le suore presero l'abitudine di dirsi, nei momenti di incertezza: "chiederemo al signor ramy quando verrà", e di accettare il suo verdetto, qualunque esso fosse, con una prontezza fatalistica che le sollevò di ogni responsabilità.

Quando mr. Ramy si tolse la pipa di bocca e divenne, a sua volta, confidenziale, l'acutezza della loro simpatia divenne quasi dolorosa per le sorelle. Ascoltarono con appassionata partecipazione il racconto delle sue prime lotte in germania e della lunga malattia che era stata la causa delle sue recenti disgrazie. Il nome della signora. Hochmuller (la vedova di un vecchio compagno) che lo aveva assistito durante la febbre fu accolto con sospiri reverenziali e una fitta interiore di invidia ogni volta che ricorreva nei suoi monologhi biografici, e una volta, quando le sorelle erano sole, evelina chiamò un rossore reattivo sulla fronte di ann eliza dicendo all'improvviso, senza menzionare alcun nome: "mi chiedo com'è?"

Un giorno verso la primavera mr. Ramy, che a quel punto era diventato parte della loro vita tanto quanto il portatore di lettere o il lattaio, azzardò il suggerimento che le signore lo accompagnassero a un'esibizione di vedute stereottiche che avrebbe avuto luogo nella sala dei polli il giorno seguente. Sera.

Dopo il loro primo "oh!" senza fiato di piacere ci fu un silenzio di reciproca consultazione, che alla fine ann eliza interruppe dicendo: "è meglio che tu vada con il signor ramy, evelina. Immagino che non vogliamo lasciare entrambi il negozio di notte".

Evelina, con le proteste richieste dalla gentilezza, acconsentì a questa opinione e trascorse il giorno successivo ad aggiustare una cuffia bianca con i nontiscordardime di sua creazione. Ann eliza tirò fuori la sua spilla a mosaico, una sciarpa di cashmere della madre fu tolta dalle sue cere di lino, e così adornata evelina arrossì se ne andò con mr. Ramy, mentre la sorella maggiore si sedeva al suo posto al pinking-machine.

Ad ann eliza sembrava di essere rimasta sola per ore e fu sorpresa, quando sentì evelina bussare alla porta, di scoprire che l'orologio segnava solo le dieci e mezza.

"deve essere andato storto di nuovo," rifletté mentre si alzava per far entrare sua sorella.

La serata era stata brillantemente interessante, e diverse sorprendenti vedute stereottiche di berlino avevano permesso al signor. Ramy l'opportunità di approfondire le meraviglie della sua città natale.

"ha detto che gli sarebbe piaciuto mostrarmi tutto!" dichiarò evelina mentre ann eliza truffava il suo viso luminoso. "hai mai sentito qualcosa di così sciocco? Non sapevo da che parte guardare."

Ann eliza ricevette questa confidenza con un mormorio comprensivo.

"il mio cofano sta diventando, non è vero?" evelina continuò irrilevante, sorridendo al suo riflesso nel vetro incrinato sopra il comò.

"sei proprio adorabile", ha detto ann eliza.

La primavera si stava rendendo inconfondibilmente nota al diffidente newyorkese per l'accresciuta durezza del vento e la prevalenza della polvere, quando un giorno evelina entrò nel retrobottega all'ora di cena con un grappolo di giunchiglie in mano.

"sono stata proprio così stupida," rispose allo sguardo interrogativo di ann eliza, "non ho potuto fare a meno di comprarli. Mi sentivo come se dovessi avere qualcosa di carino da guardare subito."

"oh, sorella," disse ann eliza, con tremante compassione. Sentiva che bisognava concedere un'indulgenza speciale a coloro che si trovavano nello stato di evelina poiché aveva avuto la sua visione fugace di desideri misteriosi come le parole tradite.

Evelina, nel frattempo, aveva tolto il fascio di erbe secche dal vaso di porcellana rotto e stava mettendo le giunchiglie al loro posto con tocchi che indugiavano sui loro steli lisci e foglie simili a lame.

"non sono carini?" continuava a ripetere mentre raccoglieva i fiori in un cerchio stellato. "sembra che la primavera fosse davvero arrivata, no?"

Ann eliza ha ricordato che era il sig. La sera di ramy.

Quando arrivò, l'occhio teutonico per tutto ciò che sbocciava lo fece rivolgere subito alle giunchiglie.

"non è carino?" egli ha detto. "sembra che la primavera fosse davvero qui."

"non è vero?" esclamò evelina, elettrizzata dalla coincidenza del loro pensiero. "è proprio quello che stavo dicendo a mia sorella."

Ann eliza si alzò all'improvviso e si allontanò; si ricordava di non aver caricato l'orologio il giorno prima. Evelina era seduta al tavolo; le giunchiglie si alzavano esili tra lei e il signor. Ramy.

"oh," mormorò con occhi vaghi, "come mi piacerebbe andarmene da qualche parte in campagna in questo preciso istante - da qualche parte dove era verde e tranquillo. Sembra che non potrei sopportare la città un altro giorno." ma ann eliza ha notato che stava guardando il signor. Ramy, e non ai fiori.

"credo che potremmo andare a cendral park una domenica," suggerì il loro visitatore. "ci andate mai, signorina evelina?"

"no, non lo facciamo molto spesso; almeno non lo siamo stati per un bel po '." brillò alla prospettiva. "sarebbe adorabile, non è vero, ann eliza?"

"perché, sì," disse la sorella maggiore, tornando al suo posto.

"beh, perché non andiamo domenica prossima?" sig. Ramy ha continuato. "e inviteremo anche la signorina mellins: sarà una piccola festa orribile."

Quella notte, quando evelina si svestì, prese una giunchiglia dal vaso e la premette con una certa ostentazione tra i fogli del suo libro di preghiere. Ann eliza, osservandola di nascosto, sentì che a evelina non dispiaceva essere osservata e che la sua acuta consapevolezza dell'atto era in qualche modo considerata come l'ingrandimento del suo significato.

La domenica successiva era azzurra e calda. Le sorelle bunner erano frequentatrici abituali della chiesa, ma per una volta lasciarono i loro libri di preghiere sul no, e alle dieci le trovarono, guantate e col cappello, in attesa del bussare della signorina mellins. La signorina mellins apparve subito in un luccichio di lustrini e lustrini, con la storia di aver visto uno strano uomo aggirarsi sotto le sue finestre finché non fu richiamato all'alba dal fischio di un complice; e poco dopo è venuto il sig. Ramy, i capelli spazzolati con una cura più del solito, le mani larghe avvolte in guanti di capretto verde oliva.

Il gruppetto partì per il tram più vicino, e un fremito di gratificazione mista a imbarazzo agitò il petto di ann eliza quando si scoprì che il signor. Ramy intendeva pagare le loro tariffe. Né ha mancato di essere all'altezza di questa apertura liberale; perché dopo averli guidati per il centro commerciale e per l'escursione si diresse verso un ristorante rustico dove, anche a sue spese, se la passavano idilliaci a base di latte e torta al limone.

Dopodiché ripresero la loro passeggiata, passeggiando con la lentezza di vacanzieri non abituati da un sentiero all'altro: attraverso arbusti in erba, oltre banchi d'erba cosparsi di crochi lilla, e sotto le rocce su cui la forsizia si stendeva come un improvviso sole. Tutto di lei sembrava nuovo e miracolosamente

adorabile ad ann eliza; ma teneva per sé i suoi sentimenti,
lasciando che evelina esclamasse alle epatiche sotto le sporgenze
ombrose, e mancasse mellins, meno interessato al mondo
vegetale che al mondo umano, a rimarcare in modo significativo
sulla probabile storia delle persone che incontravano . Tutti i
vicoli erano gremiti di passeggiatori e ostruiti da carrozzine; e il
commento continuo della signorina mellins gettava
un'occhiataccia di spaventose possibilità sui placidi gruppi
familiari e sulla loro scatenata progenie.

Ann eliza non era dell'umore giusto per tali interpretazioni della
vita; ma, sapendo che la signorina mellins era stata invitata al
solo scopo di farle compagnia, continuò ad aggrapparsi al fianco
della sarta, lasciando che il signor. Ramy fa da apripista con
evelina. La signorina mellins, stimolata dall'eccitazione
dell'occasione, divenne sempre più discorsiva, e il suo discorso
incessante e il vortice caleidoscopico della folla furono
indicibilmente sconcertanti per ann eliza. I suoi piedi, abituati
alla comodità pantofola della bottega, le facevano male per lo
sforzo inconsueto del camminare, e le sue orecchie per il
frastuono degli aneddoti della sarta; ma ogni nervo in lei era
consapevole del piacere di evelina, ed era decisa a non limitare la
sua stanchezza. Eppure anche il suo eroismo si sottraeva agli
sguardi significativi che la signorina mellins cominciava a
lanciare in quel momento alla coppia di fronte a loro: ann eliza
poteva sopportare di connivere con la beatitudine di evelina, ma
non di riconoscerla agli altri.

Infine i piedi di evelina le mancarono e si voltò per suggerirle
che dovevano tornare a casa. Il suo viso arrossato era diventato
pallido per la stanchezza, ma i suoi occhi erano radiosi.

Il ritorno vissuto nella memoria di ann eliza con la persistenza di
un sogno malvagio. I vagoni dei cavalli erano pieni della folla
che tornava e dovettero lasciar passare una dozzina prima di
potersi infilare in uno che era già affollato. Ann eliza non si era

mai sentita così stanca. Persino il flusso narrativo di miss mellins si esaurì e rimasero seduti in silenzio, incuneati tra una donna negra e un uomo butterato con la testa fasciata, mentre l'auto rombava lentamente lungo uno squallido viale fino al loro angolo. Evelina e mr. Ramy sedeva insieme nella parte anteriore della macchina, e ann eliza poteva intravedere solo occasionalmente il cofano del nontiscordardime e il colletto lucido dell'orologiaio; ma quando la piccola festa uscì dal loro angolo, la folla li riunì di nuovo e tornarono indietro nel silenzio senza sforzo di bambini stanchi fino al seminterrato delle sorelle bunner . Come miss mellins e mr. Ramy si voltò per seguire i loro vari modi evelina raccolse un'ultima esibizione di sorrisi; ma ann eliza varcò la soglia in silenzio, sentendo la quiete della piccola bottega protendersi verso di lei come braccia consolatrici.

Quella notte non riuscì a dormire; ma mentre giaceva fredda e rigida al fianco della sorella, improvvisamente sentì la pressione delle braccia di evelina, e la sentì sussurrare: "oh, ann eliza, non è paradisiaco?"

Vi

Per quattro giorni dopo la loro domenica al parco le sorelle bunner non ebbero notizie del sig. Ramy. All'inizio nessuno dei due tradì all'altro la sua delusione e la sua ansia; ma la quinta mattina evelina, sempre la prima a cedere ai suoi sentimenti, disse, mentre si allontanava dal suo tè non assaggiato: "pensavo che a quest'ora avresti dovuto portare via quei soldi, ann eliza".

Ann eliza comprese e arrossì. L'inverno era stato abbastanza prospero per le sorelle, ei loro risparmi lentamente accumulati avevano raggiunto la bella somma di duecento dollari; ma la soddisfazione che avrebbero potuto provare in questa insolita opulenza era stata offuscata dal suggerimento della signorina mellins secondo cui c'erano oscure voci sulla cassa di risparmio in cui erano stati depositati i loro fondi. Sapevano che la signorina mellins era data a vani allarmi; ma le sue parole, per la pura forza della ripetizione, avevano così scosso la pace di ann eliza che dopo lunghe ore di consulenza a mezzanotte le suore avevano deciso di consigliare con il sig. Ramy; e su ann eliza, come capo della casa, questo compito era stato trasferito. Sig. Ramy, interpellato, non solo aveva confermato il rapporto della sarta, ma si era offerto di trovare un investimento sicuro che desse alle sorelle un tasso di interesse più alto rispetto alla sospetta cassa di risparmio; e ann eliza sapeva che evelina alludeva al trasferimento suggerito.

"perché, sì, certo," concordò. "il signor ramy ha detto che se fosse stato noi non avrebbe più voluto lasciare lì i suoi soldi e avrebbe potuto aiutare."

"è stata più di una settimana fa, l'ha detto," le ricordò evelina.

"lo so; ma mi ha detto di aspettare finché non avesse scoperto con certezza quell'altro investimento; e da allora non lo abbiamo più visto."

Le parole di ann eliza hanno rilasciato la loro paura segreta. "mi chiedo cosa gli sia successo", ha detto evelina. "non credi che possa essere malato?"

"mi stavo chiedendo anch'io," replicò ann eliza; e le sorelle abbassarono lo sguardo sui loro piatti.

"dovrei pensare che dovresti fare qualcosa per quei soldi molto presto," ricominciò evelina.

"beh, lo so che farei una risata. Cosa faresti se fossi in me?"

"se fossi in te," disse la sorella, con un'enfasi percettibile e un rossore crescente, "andrei subito a vedere se il signor ramy era malato. Potresti."

Le parole trafissero ann eliza come una lama. "sì, è così", ha detto.

"sembrerebbe solo amichevole, se è davvero malato. Se fossi in te andrei oggi", ha continuato evelina; e dopo cena andò ann eliza.

Per strada dovette lasciare un pacco in tintoria e, compiuta quella commissione, si voltò verso il sig. Negozio di ramy. Mai prima si era sentita così vecchia, così disperata e umile. Sapeva di essere vincolata a una commissione d'amore di evelina, e la consapevolezza sembrava asciugare l'ultima goccia di sangue giovane nelle sue vene. Le tolse anche tutta la sua sbiadita timidezza verginale; e con vivace compostezza girò la maniglia della porta dell'orologiaio.

Ma appena entrò il suo cuore iniziò a tremare, perché vide il signor. Ramy, il viso nascosto tra le mani, seduto dietro il bancone in un atteggiamento di strano abbattimento. Allo scatto del chiavistello alzò lentamente lo sguardo, fissando uno sguardo senza lustro su ann eliza. Per un momento pensò che lui non la conoscesse.

"oh, sei malato!" ha esclamato; e il suono della sua voce sembrava richiamare i suoi sensi vaganti.

"perché, se non manca bunner!" disse, in un tono basso e spesso; ma lui non fece alcun tentativo di muoversi e lei notò che il suo viso aveva il colore della cenere gialla.

"sei malato", insistette, incoraggiata dal suo evidente bisogno di aiuto. "signor ramy, è stato davvero scortese da parte sua non farcelo sapere."

Continuava a guardarla con occhi spenti. "non sono stato malato", ha detto. "almeno non molto: solo uno dei miei vecchi turni." parlava in modo lento e faticoso, come se avesse difficoltà a mettere insieme le sue parole.

"reumatismi?" azzardò, vedendo con quanta riluttanza lui sembrava muoversi.

"beh, qualcosa del tipo, forse. Non riuscivo a dargli un nome."

"se era qualcosa come i reumatismi, mia nonna preparava un tè ..." cominciò ann eliza: aveva dimenticato, nel calore del momento, che era venuta solo come messaggera di evelina.

Alla menzione del tè un'espressione di irrefrenabile ripugnanza passò sul signor. La faccia di ramy. "oh, immagino di andare d'accordo. Ho solo mal di testa oggi."

Il coraggio di ann eliza svanì alla nota di rifiuto nella sua voce.

"mi dispiace," disse gentilmente. "io e mia sorella saremmo stati felici di fare tutto quello che potevamo per te."

"grazie gentilmente", ha detto il sig. Ramy stancamente; poi, voltandosi verso la porta, aggiunse con uno sforzo: "forse domani farò un passo indietro".

"saremo davvero felici," ripeté ann eliza. I suoi occhi erano fissi su un polveroso orologio di bronzo nella finestra. In quel momento non si era accorta di guardarlo, ma molto tempo dopo si ricordò che rappresentava un cane terranova con la zampa su un libro aperto.

Quando arrivò a casa c'era un acquirente nel negozio, che rigirava occhi e ganci sotto la distratta supervisione di evelina. Ann eliza passò frettolosamente nella stanza sul retro, ma in un attimo sentì sua sorella al suo fianco.

"presto! Le ho detto che stavo andando a cercare dei ganci più piccoli - come sta?" evelina rimase a bocca aperta.

"non è stato molto bene" disse lentamente ann eliza, gli occhi fissi sul viso impaziente di evelina; "ma dice che domani sera tornerà sicuramente."

"lo farà? Mi stai dicendo la verità?"

"perché, evelina bunner!"

"oh, non mi interessa!" gridò incautamente il giovane, precipitandosi di nuovo nel negozio.

Ann eliza stava bruciando per la vergogna dell'auto-esposizione di evelina. Era scioccata dal fatto che, anche per lei, evelina avesse messo a nudo la nudità della sua emozione; e cercò di distogliere i suoi pensieri da esso come se il suo ricordo la rendesse partecipe della degradazione di sua sorella.

La sera successiva, mr. Ramy ricomparve, ancora un po 'giallastro e con le palpebre rosse, ma per il resto il suo solito io. Ann eliza lo consultò in merito all'investimento che aveva raccomandato, e dopo che fu deciso che avrebbe dovuto occuparsi della questione per lei, prese il volume illustrato di longfellow - poiché, come avevano appreso le sorelle, la sua cultura volò oltre i giornali - e leggi ad alta voce, con una sottile confusione di consonanti, la poesia sulla "verginità". Evelina abbassò le palpebre mentre leggeva. Era una serata molto bella, e in seguito ann eliza pensò a come avrebbe potuto essere diversa la vita con un compagno che leggeva poesie come mr. Ramy.

Vii

Durante le settimane successive il sig. Ramy, sebbene le sue visite fossero più frequenti che mai, non sembrava riacquistare il suo solito spirito. Si lamentava spesso di emicrania, ma rifiutava i rimedi proposti da ann eliza e sembrava rifuggire da qualsiasi indagine prolungata sui suoi sintomi. Luglio era arrivato, con un improvviso ardore di calore, e una sera, mentre i tre sedevano insieme vicino alla finestra aperta nel retrobottega, evelina disse: "non so cosa non darei, una notte come questa, per un respiro di vera aria di campagna ".

"anche io", ha detto il sig. Ramy, facendo cadere la cenere dalla sua pipa. "mi piacerebbe essere seduto in un pergolato molto minuto."

"oh, non sarebbe adorabile?"

"penso sempre che sia davvero bello qui, saremmo molto più eccitanti dove si trova la signorina mellins", ha detto ann eliza.

"oh, oserei dire ... Ma saremmo molto più freddi da qualche altra parte," scattò sua sorella: non di rado era esasperata dai tentativi furtivi di ann eliza di placare la provvidenza.

Pochi giorni dopo il sig. Ramy apparve con un suggerimento che incantò evelina. Era andato il giorno prima a trovare la sua amica, la signora. Hochmuller, che viveva nella periferia di hoboken, e la signora. Hochmuller aveva proposto che la domenica successiva portasse le sorelle bunner a trascorrere la giornata con lei.

"ha un vero giardino, sai," mr. Ramy spiegò: "ampi alberi e una vera casa estiva in cui sistemarsi; e anche galline e galline. Ed è un'elegante navigazione sul traghetto".

La proposta non ha avuto risposta da ann eliza. Era ancora oppressa dal ricordo della sua interminabile domenica al parco; ma, obbediente allo sguardo imperioso di evelina, alla fine si lasciò sfuggire un'accettazione.

La domenica era molto calda, e una volta sul traghetto ann eliza si ravvivò al tocco della brezza salata e allo spettacolo delle acque affollate; ma quando raggiunsero l'altra sponda e uscirono sul molo sporco, cominciò a soffrire per la stanchezza anticipata. Salirono su un tram, e furono sbalzati da una strada all'altra, finché alla fine il sig. Ramy tirò la manica del direttore d'orchestra e scesero di nuovo; poi si fermarono sotto il sole cocente, vicino alla porta di una birreria affollata, in attesa che arrivasse un'altra macchina; e questo li portò in un quartiere scarsamente popolato, oltre lotti vuoti e strette case di mattoni in piedi in una solitudine senza sostegni, finché finalmente raggiunsero una regione quasi rurale di cottage sparsi e bassi edifici di legno che sembravano "magazzini" di villaggio. Qui la macchina finalmente si fermò da sola, e percorsero una strada dissestata, oltre il cortile di un tagliapietre con un'alta staccionata tappezzata di pubblicità teatrali, fino a una casetta rossa con le persiane verdi e una palizzata da giardino. Davvero, mr. Ramy non li aveva ingannati. Ciuffi di dielytra e di gigli di giorno fiorivano dietro la palizzata e un olmo storto pendeva romanticamente sul frontone della casa.

Al cancello la signora. Hochmuller, una donna larga in lana merino marrone mattone, li accolse con cenni e sorrisi, mentre sua figlia linda, una ragazza dai capelli biondi con le guance rosse screziate e lo sguardo di traverso, aleggiava dietro di lei con aria curiosa. Sig.ra. Hochmuller, aprendo la strada verso la casa, condusse le sorelle bunner fino alla sua camera da letto. Qui furono invitati a stendere su un montuoso letto di piume bianche i mantelli di cashmere sotto i quali la solennità dell'occasione li aveva costretti a soffocare, e dopo aver dato alle loro sete nere la necessaria contrazione di riaggiustamento, ed evelina si era arricciata i capelli prima uno specchio incorniciato da una decorazione a conchiglia rosa, la loro hostess li condusse in un salotto soffocante che odorava di pan di zenzero. Dopo un'altra pausa cerimoniale, interrotta da cortesi domande e timide eiaculazioni, furono accompagnati in cucina, dove la tavola era già imbandita di strane focacce speziate e frutta in umido, e dove si trovarono subito seduti tra la signora. Hochmuller e il sig. Ramy, mentre la fissa linda saltava avanti e indietro dal fornello con piatti fumanti.

Ad ann eliza la cena sembrava interminabile e la ricca cucina stranamente poco appetitosa. Era imbarazzata dalla facile intimità della voce e degli occhi della sua padrona di casa. Con mr. Ramy mrs. Hochmuller le era familiare in modo quasi impertinente, e solo quando ann eliza immaginò la sua forma generosa piegata sopra il suo letto di malato poté perdonarla per averlo definito "ramy". Durante una delle pause del pasto la signora. Hochmuller posò coltello e forchetta contro i bordi del piatto e, fissando gli occhi sul viso dell'orologiaio, disse in tono accusatorio: "tu chiudi uno di loro si volta di nuovo, ramy".

"non lo so come avevo fatto," rispose evasivo.

Evelina guardò dall'una all'altra. "il signor ramy è stato malato", disse infine, come per mostrare che anche lei era in grado di parlare con autorità. "si lamentava molto spesso di mal di testa."

"oh! Lo conosco", ha detto la signora. Hochmuller con una risata, gli occhi ancora fissi sull'orologiaio. "non ti vergogni di te stesso, ramy?"

Sig. Ramy, che stava guardando il suo piatto, disse all'improvviso una parola che le suore non riuscirono a capire; ad ann eliza sembrava "shwike".

Sig.ra. Hochmuller rise di nuovo. "mio, mio", disse, "non penseresti che si vergognerebbe di andare a stare male e di non prendermi mai in giro, io che l'ho allattato con una terribile febbre?"

"sì, dovrei," disse evelina, con uno sguardo vivace a ramy; ma stava guardando le salsicce che linda aveva appena messo in tavola.

Quando la cena era finita mrs. Hochmuller invitò i suoi ospiti ad uscire dalla porta della cucina e si ritrovarono in un recinto verde, metà giardino e metà frutteto. Galline grigie seguite da covate dorate chiocciavano sotto i rami contorti dei meli, un gatto sonnecchiava sul bordo di un vecchio pozzo, e di albero in albero correva la rete di stendibiancheria che indicava mrs. La chiamata di hochmuller. Oltre i meli c'era una casa estiva gialla addobbata con corridori scarlatti; e sotto di essa, sul lato più lontano di una recinzione ruvida, il terreno si inabissava, trattenendo un pezzo di bosco nella sua conca. Era tutto stranamente dolce e immobile in quella calda domenica pomeriggio, e mentre si muoveva sull'erba sotto i rami dei meli ann eliza pensava ai tranquilli pomeriggi in chiesa e agli inni che sua madre le aveva cantato quando era piccola.

Evelina era più irrequieta. Vagava dal pozzo alla casa estiva e ritorno, gettava briciole alle galline e turbava il gatto con carezze arcuate; e alla fine espresse il desiderio di scendere nel bosco.

"immagino che tu debba andare in giro per la strada, allora", ha detto la signora. Hochmuller. "mia linda, lei va in un buco nel muro, ma immagino che ti strapperesti il vestito se ti asciugassi."

"ti aiuterò", ha detto il sig. Ramy; e guidati da linda, i due camminarono lungo la recinzione finché non raggiunsero uno stretto spazio tra le assi. Attraverso questo sono scomparsi, guardati con curiosità nella loro discesa dalla ghignante linda, mentre la signora. Hochmuller e ann eliza furono lasciati soli nella casa estiva.

Sig.ra. Hochmuller guardò il suo ospite con un sorriso confidenziale. "immagino che se ne andranno per un bel po '," osservò, facendo scattare il doppio mento verso la fessura nel recinto. "la gente come quella non si ricorda mai di de dime." e lei ha tirato fuori il suo lavoro a maglia.

Ann eliza non riusciva a pensare a niente da dire.

"tua sorella pensa molto a lui, non è vero?" la sua hostess ha continuato.

Le guance di ann eliza divennero calde. "non sei un po 'solo un po' solitario qui fuori a volte?" lei chiese. "dovrei pensare che avresti paura di notte, tutto solo con tua figlia."

"oh, no, non lo sono", ha detto la signora. Hochmuller. "vedi che prendo il bucato - sono affari miei - ed è molto più economico farlo qui dan in città: dove troverei un essiccatoio come dis a hobucken? E den è più sicuro anche per linda; le sue strade esterne. "

"oh," disse ann eliza, rimpicciolendosi. Cominciò a provare una netta avversione per la sua padrona di casa e i suoi occhi si volsero con involontaria irritazione alla forma quadrata di linda, ancora sospesa con curiosità sulla staccionata. Sembrava ad ann eliza che evelina e la sua compagna non sarebbero mai tornate dal bosco; ma alla fine sono arrivati, mr. La fronte di ramy perlata di sudore, evelina rosa e cosciente, un mazzo di felci cadenti in mano; ed era chiaro che, almeno per lei, i momenti erano stati alati.

"credi che si riprenderanno?" chiese, alzando le felci; ma ann eliza, alzandosi al suo avvicinarsi, disse rigida: "sarà meglio che torniamo a casa, evelina."

"pietà di me! Non prendi prima il tuo caffè?" sig.ra. Hochmuller protestò; e ann eliza scoprì con sgomento che doveva intervenire un'altra lunga cerimonia gastronomica prima che la gentilezza permettesse loro di andarsene. Alla fine, però, si ritrovarono di nuovo sul traghetto. L'acqua e il cielo erano grigi, con un bagliore diviso del tramonto che inviava lucide onde opaline sulla scia della barca. Il vento aveva un alito fresco e catramato, come se avesse viaggiato per miglia di navigazione, e il sibilo dell'acqua intorno alle pale era delizioso come se fosse stato schizzato sulle loro facce stanche.

Ann eliza sedeva in disparte, distogliendo lo sguardo dagli altri. Aveva deciso che il signor. Ramy aveva proposto a evelina nel bosco e lei si stava preparando silenziosamente a ricevere la fiducia della sorella quella sera.

Ma evelina non era apparentemente in vena di confidenze. Quando arrivarono a casa mise nell'acqua le sue felci appassite, e dopo cena, dopo aver messo da parte il vestito di seta e la cuffia del nontiscordardime, rimase silenziosamente seduta sulla sua sedia a dondolo vicino alla finestra aperta. Era da tempo che ann eliza l'aveva vista in uno stato d'animo così poco comunicativo.

Il sabato successivo ann eliza era seduta da sola nel negozio quando la porta si aprì e il sig. Ramy entrò. Non aveva mai chiamato prima a quell'ora, e lei si chiese un po 'ansiosamente cosa lo avesse portato.

"è successo qualcosa?" chiese, spingendo da parte il cesto pieno di bottoni che aveva smistato.

"non lo so", ha detto il sig. Ramy tranquillamente. "ma in questa stagione chiudo sempre il negozio alle due del sabato, quindi ho pensato che potevo anche chiamarti e vederti."

"sono davvero contenta, ne sono sicura", ha detto ann eliza; "ma evelina è fuori."

"lo so," mr. Rispose ramy. "l'ho incontrata dietro l'angolo. Mi ha detto che doveva andare da quella nuova tintoria sulla quarantottesima strada. Non tornerà per un paio d'ore, vero?"

Ann eliza lo guardò con crescente stupore. "no, immagino di no," rispose; la sua istintiva ospitalità che la spingeva ad aggiungere: "non vuoi sederti lo stesso?"

Sig. Ramy si sedette sullo sgabello accanto al bancone e ann eliza tornò al suo posto dietro di esso.

"non posso lasciare il negozio", ha spiegato.

"beh, immagino che stiamo molto bene qui." ann eliza si era improvvisamente accorta che il sig. Ramy la stava guardando con un'intenzione insolita. Involontariamente la sua mano si spostò sulle sottili ciocche di capelli sulle tempie, e di lì scese per raddrizzare la spilla sotto il colletto.

"stai benissimo oggi, signorina bunner", ha detto il sig. Ramy, seguendo il suo gesto con un sorriso.

"oh," disse ann eliza nervosamente. "sto sempre bene in salute", ha aggiunto.

"immagino che tu sia più sano di tua sorella, anche se sei meno grande."

"oh, non lo so. Evelina è un po 'nervosa a volte, ma non è un po' malata."

"lei mangia più abbondante di te; ma questo non significa niente", ha detto il sig. Ramy.

Ann eliza rimase in silenzio. Non poteva seguire l'andamento del suo pensiero, e non le importava di impegnarsi ulteriormente per evelina prima di aver accertato se il sig. Ramy considerava interessante il nervosismo o viceversa.

Ma mr. Ramy le risparmiò ogni ulteriore indecisione.

"beh, signorina bunner," disse, avvicinando lo sgabello al bancone, "immagino che potrei anche dirti per ultimo per cosa sono venuto qui oggi. Voglio sposarmi."

Ann eliza, in molte ore di preghiera a mezzanotte, aveva cercato di rafforzarsi per l'ascolto di questa confessione, ma ora che era arrivata si sentiva pietosamente spaventata e impreparata. Sig. Ramy era appoggiato con entrambi i gomiti al bancone, e lei notò che aveva le unghie pulite e che si era spazzolato il cappello; eppure anche questi segni non l'avevano preparata!

Finalmente si sentì dire, con la gola secca in cui il cuore le martellava: "pietà, signor ramy!"

"voglio sposarmi", ha ripetuto. "sono troppo solo. Non va bene per un uomo vivere tutto solo e mangiare ogni giorno carne fredda con la testa."

"no," disse ann eliza a bassa voce.

"e la polvere mi batte abbastanza."

"oh, la polvere - lo so!"

Sig. Ramy allungò verso di lei una delle sue mani dalle dita spuntate. "vorrei che tu mi prendessi."

Ancora ann eliza non capiva. Si alzò esitante dal suo posto, spingendo da parte il cestino dei bottoni che si trovava in mezzo a loro; poi ha percepito che il sig. Ramy stava cercando di prenderle la mano, e quando le loro dita si incontrarono un fiume di gioia la travolse. Mai dopo, sebbene ogni altra parola del loro colloquio fosse impressa nella sua memoria al di là di ogni possibile dimenticanza, riuscì a ricordare quello che diceva mentre le loro mani si toccavano; sapeva solo che sembrava galleggiare su un mare estivo e che tutte le sue onde erano nelle sue orecchie.

"io ... Io?" ansimò.

"credo di sì," disse placidamente il suo corteggiatore. "mi sta bene fino a terra, signorina bunner. Questa è la verità."

Una donna che passava per la strada si fermò a guardare la vetrina, e ann eliza quasi sperava che sarebbe entrata; ma dopo un'ispezione saltuaria proseguì.

"forse non ti piaccio?" sig. Suggerì ramy, scontato dal silenzio di ann eliza.

Una parola di assenso era sulla sua lingua, ma le sue labbra la rifiutavano. Deve trovare un altro modo per dirglielo.

"non lo dico."

"beh, ho sempre pensato che fossimo adatti l'uno all'altro", mr. Ramy continuò, sciolto dal suo momentaneo dubbio. "mi è sempre piaciuto uno stile tranquillo: niente storie e arie, e non ho paura del lavoro." parlava come se catalogasse spassionatamente il suo fascino.

Ann eliza sentiva che doveva finire. "ma, signor ramy, lei non capisce. Non ho mai pensato di sposarmi."

Sig. Ramy la guardò sorpreso. "perché no?"

"beh, non lo so, har'ly." si inumidì le labbra tremanti. "il fatto è che non sono così attiva come sembro. Forse non potrei sopportare le cure. Non sono vivace come evelina, né così giovane", aggiunse, con un ultimo grande sforzo.

"ma comunque fai la maggior parte del lavoro qui," disse dubbiosa il suo corteggiatore.

"oh, beh, è perché evelina è impegnata fuori; e dove ci sono solo due donne il lavoro non è molto. Inoltre, sono la più vecchia; devo occuparmi delle cose", si affrettò, un po 'addolorata che lei un semplice stratagemma dovrebbe ingannarlo così prontamente.

"beh, immagino che tu sia abbastanza attivo per me," insistette. La sua calma determinazione cominciò a spaventarla; tremava per il timore che la sua fosse meno fedele.

"no, no," ripeté, sentendo le lacrime sulle sue ciglia. "non potevo, signor ramy, non potevo sposarmi. Sono così sorpreso. Ho sempre pensato che fosse evelina - sempre. E così hanno fatto tutti gli altri. È così intelligente e carina - sembrava così naturale."

"beh, vi siete sbagliati tutti", ha detto il sig. Ramy ostinatamente.

"sono così dispiaciuto."

Si alzò, spingendo indietro la sedia.

"faresti meglio a pensarci", disse, con il tono ampio di un uomo che sente di poter aspettare tranquillamente.

"oh, no, no. Non serve a niente, signor ramy. Non ho mai intenzione di sposarmi. Mi stanco così facilmente - avrei paura del lavoro. E ho dei mal di testa così terribili. " si fermò, scervellandosi il cervello in cerca di infermità più convincenti.

"mal di testa, vero?" ha detto il sig. Ramy, voltandosi indietro.

"miei, sì, orribili, a cui devo rinunciare. Evelina deve fare tutto quando ho uno di quei mal di testa. Deve portarmi il tè la mattina."

"beh, mi dispiace sentirlo", ha detto il sig. Ramy.

"grazie mille lo stesso," mormorò ann eliza. "e per favore non ... Non ..." si interruppe all'improvviso, guardandolo tra le lacrime.

"oh, va tutto bene," rispose. "non ti preoccupare, signorina artigliere. La gente deve adattarsi a se stessa." pensava che il suo tono fosse diventato più rassegnato da quando aveva parlato dei suoi mal di testa.

Per alcuni istanti rimase a guardarla con occhio esitante, come incerto su come terminare la loro conversazione; e alla fine trovò il coraggio di dire (con le parole di un romanzo che aveva letto una volta): "non voglio che questo faccia differenza tra noi".

"oh, mio, no", ha detto il sig. Ramy, raccogliendo distrattamente il cappello.

"entrerai lo stesso?" continuò, innervosendosi per lo sforzo. "ci mancherai terribilmente se non lo facessi. Evelina, lei ..." fece una pausa, combattuta tra il desiderio di rivolgere i suoi pensieri a evelina e il timore di rivelare prematuramente il segreto di sua sorella.

"non perdere evelina non hai mal di testa?" sig. Chiese all'improvviso ramy.

"mio, no, mai ... Beh, per non parlare, comunque. Non ne ha avuto uno da secoli, e quando evelina è malata non si arrende mai", ha dichiarato ann eliza, apportando alcuni rapidi aggiustamenti con la sua coscienza.

"non l'avrei mai pensato", ha detto il sig. Ramy.

"immagino che tu non ci conosca bene come pensavi di conoscerci."

"beh, no, è così; forse no. Ti auguro buona giornata, signorina bunner"; e il sig. Ramy si avvicinò alla porta.

"buona giornata, signor ramy," rispose ann eliza.

Si sentiva incredibilmente grata di essere sola. Sapeva che il momento cruciale della sua vita era passato ed era contenta di non essere caduta al di sotto dei propri ideali. Era stata un'esperienza meravigliosa; e nonostante le lacrime sulle guance non le dispiaceva averlo saputo. Due fatti, tuttavia, hanno preso il vantaggio dalla sua perfezione: che era successo in negozio e che lei non aveva avuto la seta nera.

Trascorse l'ora successiva in uno stato di sognante estasi. Qualcosa era entrato nella sua vita di cui nessun successivo empoverimento avrebbe potuto derubarla: brillava dello stesso ricco senso di possesso che una volta, da bambina, aveva provato quando sua madre le aveva regalato un medaglione d'oro e lei si era seduta in letto al buio per estrarlo dal suo nascondiglio sotto la sua camicia da notte.

Alla fine il timore del ritorno di evelina cominciò a mescolarsi a queste riflessioni. Come poteva incontrare lo sguardo della sorella minore senza tradire quanto era accaduto? Si sentiva come se una gloria visibile fosse su di lei, ed era contenta che il crepuscolo fosse calato quando evelina era entrata. Ma le sue paure erano superflue. Evelina, sempre concentrata su se stessa, negli ultimi tempi aveva perso ogni interesse per i semplici avvenimenti del negozio, e ann eliza, con un misto di mortificazione e sollievo, si rese conto che non correva il rischio di essere interrogata sugli eventi del pomeriggio . Ne era contenta; eppure c'era un tocco di umiliazione nello scoprire che il portentoso segreto nel suo seno non brillava visibilmente. Le sembrò noioso, e anche un po 'assurdo, da parte di evelina non sapere finalmente che erano uguali.

Seconda parte

Viii

Sig. Ramy, dopo un discreto intervallo, tornò alla bottega; e ann
eliza, quando si incontrarono, non fu in grado di rilevare se le
emozioni che ribollivano sotto il suo alpaca nero trovassero
un'eco nel suo seno. Esteriormente non faceva segno. Accese la
pipa più placidamente che mai e sembrò ricadere senza sforzo
nell'intimità imperturbabile di un tempo. Tuttavia all'occhio
iniziato di ann eliza un cambiamento divenne gradualmente
percepibile. Vide che stava cominciando a guardare sua sorella
come l'aveva guardata in quel pomeriggio epocale: nel suo
discorso con evelina aveva persino intuito un significato segreto.
Una volta le chiese bruscamente se voleva viaggiare, e ann eliza

vide che il rossore sulla guancia di evelina si rifletteva dallo stesso fuoco che aveva bruciato la sua.

Così andarono alla deriva durante le afose settimane di luglio. In quella stagione l'attività della bottega quasi cessò, e un sabato mattina il sig. Ramy propose che le sorelle si chiudessero presto e andassero con lui a fare una vela lungo la baia in una delle barche dell'isola di coney.

Ann eliza ha visto la luce negli occhi di evelina e la sua determinazione è stata presa immediatamente.

"immagino che non ci andrò, grazie gentilmente; ma sono sicuro che mia sorella sarà felice di farlo."

Era addolorata per la frase superficiale con cui evelina la esortava ad accompagnarli; e ancora di più da mr. Il silenzio di ramy.

"no, immagino che non ci andrò," ripeté, piuttosto in risposta a se stessa che a loro. "fa un caldo tremendo e ho un mal di testa più gentile."

"oh, beh, allora non lo farei", disse in fretta la sorella. "faresti meglio a sederti qui in silenzio e riposare."

*** un riassunto della parte i di "bunner sister" appare a pagina 4 delle pagine pubblicitarie.

"sì, mi riposerò," annuì ann eliza.

Alle due il sig. Ramy tornò e un attimo dopo lui ed evelina uscirono dal negozio. Evelina si era fatta un'altra cuffia nuova per l'occasione, una cuffia, pensò ann eliza, quasi troppo giovanile per forma e colore. Era la prima volta che le veniva in mente di criticare il gusto di evelina, ed era spaventata dal cambiamento insidioso del suo atteggiamento nei confronti della sorella.

Quando ann eliza, nei giorni successivi, ripensò a quel pomeriggio, sentì che c'era stato qualcosa di profetico nella qualità della sua solitudine; sembrava distillare la triplice essenza della solitudine in cui doveva essere vissuta tutta la sua vita dopo la morte. Non sono venuti acquirenti; non una mano cadde sulla serratura della porta; e il ticchettio dell'orologio nella stanza sul retro sottolineava ironicamente il passare delle ore vuote.

Evelina tornò tardi e sola. Ann eliza sentì la crisi imminente al suono del suo passo, che vacillava come se non sapesse cosa stava camminando. L'affetto della sorella maggiore si era proiettato così appassionatamente nel destino della sua minore che in quei momenti le sembrava di vivere due vite, la sua e quella di evelina; e i suoi desideri privati si ridussero al silenzio alla vista dell'affamata beatitudine dell'altro. Ma era evidente che evelina, mai profondamente sensibile all'atmosfera emotiva che la circondava, non aveva idea che il suo segreto fosse sospettato; e con una presunzione di indifferenza che avrebbe fatto sorridere ann eliza se la fitta fosse stata meno lancinante, la sorella minore si preparò a confessarsi.

"di cosa sei così impegnato?" disse con impazienza, mentre ann eliza, sotto il getto del gas, cercava i fiammiferi. "non hai nemmeno il tempo di chiedermi se ho passato una giornata piacevole?"

Ann eliza si voltò con un sorriso tranquillo. "immagino di non doverlo fare. Mi sembra che sia abbastanza chiaro."

"beh, non lo so. Non so come mi sento - è tutto così strano. Penso quasi che mi piacerebbe urlare."

"immagino che tu sia stanco."

"no, non lo sono. Non è quello. Ma è successo tutto così all'improvviso, e la barca era così affollata che pensavo che tutti avrebbero sentito quello che stava dicendo. - ann eliza," esplose, "perché diavolo don non mi chiedi di cosa sto parlando? "

Ann eliza, con un ultimo sforzo di eroismo, finse una appassionata incomprensione.

"che cosa siete?"

"perché, sono fidanzato per essere sposato, quindi ecco! Ora è uscito! Ed è successo proprio sulla barca; solo a pensarci! Ovviamente non ero esattamente sorpreso - ho saputo da tempo che stava andando prima o poi ... In qualche modo non pensavo che sarebbe successo oggi. Pensavo che non si sarebbe mai fatto coraggio. Ha detto che era così 'fragile che direi di no - questo è ciò che lo ha tenuto così tanto tempo per chiedermelo. Beh, non ho ancora detto di sì - almeno gli ho detto che avrei dovuto pensarci su; ma immagino che lo sappia. Oh, ann eliza, sono così felice! " nascose la luminosità accecante del suo viso.

Ann eliza, proprio in quel momento, si sarebbe solo lasciata sentire contenta. Abbassò le mani di evelina e la baciò, e si strinsero. Quando evelina riprese la voce aveva una storia da raccontare che portò la loro veglia fino a tarda notte. Non una sillaba, non uno sguardo o un gesto di ramy, fu risparmiata alla sorella maggiore; e con inconscia ironia si trovò a confrontare i particolari della sua proposta con quelli che evelina le impartiva con spietata prolissità.

I giorni successivi furono occupati dall'imbarazzato aggiustamento della loro nuova relazione con il sig. Ramy e gli uni agli altri. L'ardore di ann eliza la portò a nuove vette di auto-cancellazione, e lei inventò gli ultimi doveri nel negozio per lasciare evelina e il suo corteggiatore più a lungo soli nella stanza sul retro. Più tardi, quando cercò di ricordare i dettagli di quei primi giorni, pochi le tornarono in mente: sapeva solo che si alzava ogni mattina con la sensazione di dover spingere le ore plumbee su per la stessa lunga ripida di dolore.

Sig. Ramy ora veniva ogni giorno. Ogni sera lui e la sua fidanzata uscivano a fare un giro per la piazza, e quando evelina entrava le sue guance erano sempre rosa. "l'ha baciata sotto quell'albero all'angolo, lontano dal lampione", si disse ann eliza, con un'improvvisa intuizione di cose non ipotizzate. La domenica di solito andavano per tutto il pomeriggio al parco centrale, e ann eliza, dal suo posto nel silenzio mortale della stanza sul retro, seguiva passo dopo passo il loro lungo lento cammino beato.

Fino a quel momento non c'erano state allusioni al loro matrimonio, tranne che una volta evelina aveva detto a sua sorella che il sig. Ramy desiderava che invitassero la signora. Hochmuller e linda al matrimonio. La menzione della lavandaia ha sollevato una paura semidimenticata in ann eliza, e lei ha detto in tono di tentativo di appello: "immagino che se fossi in te non vorrei essere un grande amico con la signora hochmuller".

Evelina la guardò con compassione. "immagino che se fossi in me vorresti fare tutto il possibile per compiacere l'uomo che amavi. È una fortuna," aggiunse con glaciale ironia, "che non sono troppo grande per gli amici di herman."

"oh," protestò ann eliza, "non è quello che voglio dire - e tu sai che non lo è. Solo in qualche modo il giorno in cui l'abbiamo vista non pensavo che sembrasse la persona più gentile che avresti voluto come amica . "

"immagino che una donna sposata sia il miglior giudice di queste cose", ha risposto evelina, come se fosse già passata alla luce del suo stato futuro.

Ann eliza, dopo di che, mantenne il suo consiglio. Vedeva che evelina desiderava la sua simpatia tanto quanto le sue ammonizioni, e che già non contava nulla nello schema di vita di sua sorella. All'accettazione idolatra delle crudeltà del destino da parte di ann eliza, questa esclusione sembrava sia naturale che giusta; ma le ha causato il dolore più vivo. Non poteva privare il suo amore per evelina della sua appassionata maternità; nessun alito della ragione poteva abbassarlo alla fredda temperatura dell'affetto fraterno.

Stava allora passando, come pensava, il noviziato del suo dolore; preparandosi, in cento modi sperimentali, alla solitudine che l'aspettava quando evelina se ne andò. Era vero che sarebbe stata una solitudine temperata . Non sarebbero molto distanti. Evelina "correva" tutti i giorni dall'orologiaio; senza dubbio avrebbero cenato con lei la domenica. Ma già ann eliza immaginava con quale crescente superficialità sua sorella avrebbe adempiuto a questi obblighi; aveva persino previsto il giorno in cui, per avere notizie di evelina, avrebbe dovuto chiudere a chiave il negozio al calar della notte e andare lei stessa dal signor. La porta di ramy. Ma su quella contingenza non si sarebbe soffermata. "possono venire da me quando vogliono - mi troveranno sempre qui", si disse semplicemente.

Una sera entrò evelina arrossata e agitata per la sua passeggiata per la piazza. Ann eliza vide subito che era successo qualcosa; ma la nuova abitudine alla reticenza frenò la sua domanda.

Non dovette aspettare a lungo. "oh, ann eliza, pensa solo a quello che dice ..." (il pronome stava esclusivamente per mr. Ramy). "dichiaro di essere così arrabbiato che ho pensato che la gente in piazza mi avrebbe notato. Non sembro strano? Vuole sposarsi subito, proprio la prossima settimana."

"la prossima settimana?"

"sì. Così possiamo trasferirci subito a san luigi."

"lui e te ... Trasferite a san luigi?"

"beh, non so come sarebbe naturale per lui voler uscire senza di me," disse evelina con una smorfia. "ma è tutto così improvviso che non so cosa pensare. Ha ricevuto la lettera solo stamattina. Sembro strano, ann eliza?" il suo occhio stava vagando per lo specchio.

"no, non lo fai," disse ann eliza quasi duramente.

"beh, è una misericordia," proseguì evelina con una punta di delusione. "è un normale miracolo che non sia svenuto proprio là fuori in piazza. Herman è così sconsiderato - mi ha semplicemente messo la lettera in mano senza una parola. Viene da una grande azienda là fuori - il tiff'ny di san luigi, dice di sì, offrendogli un posto nel loro dipartimento di orologi. Sembra che lo apprezzino per mezzo di un suo amico tedesco che si è stabilito là fuori. È una splendida apertura, e se dà soddisfazione lo rialzeranno alla fine del l'anno."

Si fermò, arrossita dall'importanza della situazione, che sembrava innalzarla una volta per tutte al di sopra del livello noioso della sua vita precedente.

"allora dovrai andare?" finalmente venne da ann eliza.

Evelina lo fissò. "non vorresti che interferissi con i suoi potenziali clienti, vero?"

"no ... No. Volevo solo dire ... Deve essere così presto?"

"subito, ti dico ... La prossima settimana. Non è orribile?" arrossì la sposa.

Beh, questo è quello che è successo alle madri. Lo sopportavano, rifletté ann eliza; quindi perché non lei? Ah, ma prima avevano la loro possibilità; non aveva avuto nessuna possibilità. E ora questa vita che si era fatta sua se ne andava per sempre da lei; se n'era già andata nel senso più profondo e interiore, e presto sarebbe svanita anche nella sua vicinanza esteriore, nella sua comunione superficiale di voce e occhi. In quel momento anche il pensiero della felicità di evelina le rifiutava il suo raggio consolatorio; o la sua luce, se la vedeva, era troppo remota per riscaldarla. La sete di un legame personale e inalienabile, di dolori e problemi propri, ardeva l'anima di ann eliza: le sembrava che non avrebbe più potuto raccogliere le forze per guardare in faccia la sua solitudine.

I banali obblighi del momento le vennero in aiuto. Accudita nell'ozio, il suo dolore l'avrebbe dominata; ma le necessità della bottega e del retrobottega, e i preparativi per il matrimonio di evelina, tenevano sotto controllo il tiranno.

La signorina mellins, fedele alle sue aspettative, era stata chiamata a collaborare alla realizzazione dell'abito da sposa, e una sera lei e ann eliza si stavano chinando sulle larghezze del cashmere grigio perla che, nonostante la visione profetica del sarto raso incorniciato, era stato giudicato più adatto, quando evelina era entrata da sola nella stanza.

Ann eliza aveva già avuto modo di notare che era un brutto segno quando il sig. Ramy lasciò il suo affiatato alla porta. Generalmente significava che evelina aveva qualcosa di inquietante da comunicare, e il primo sguardo di ann eliza le disse che questa volta la notizia era grave.

La signorina mellins, che sedeva con la schiena alla porta e la testa china sul cucito, sussultò quando evelina si avvicinò al lato opposto del tavolo.

"pietà, signorina evelina! Dichiaro che pensavo che fossi un fantasma, nel modo in cui sei entrato. Avevo un cliente una volta nella quarantanovesima strada: una bella giovane donna con un busto di trentasei anni e una vita che potresti avere 'messo nella sua fede nuziale - e suo marito, si è crepato dietro di lei in quel modo per scherzo, e l'ha spaventata fino a farla arrabbiare, e quando è arrivata era una maniaca delirante, e ha dovuto essere portata a bloomingdale con due dottori e un'infermiera a tenerla in carrozza, e un adorabile bambino di sei settimane ... Ed eccola ancora oggi, povera creatura ".

"non volevo spaventarti," disse evelina.

Si sedette sulla sedia più vicina e, quando la luce della lampada cadde sul suo viso, ann eliza vide che aveva pianto.

"sembri un uomo morto," riprese la signorina mellins, dopo una pausa di scrutinio per sondare l'anima. "immagino che il signor ramy ti trascini in quella piazza troppo spesso. Se non stai attento, ti allontani dalle gambe. Gli uomini non considerano mai: sono tutti uguali. Perché, una volta avevo un cugino che era fidanzato con un agente di libri ... "

"forse faremmo meglio a mettere da parte il lavoro per stasera, signorina mellins," intervenne ann eliza. "immagino che quello che vuole evelina sia un buon riposo notturno."

"è così", ha ammesso la sarta. "avete fatto andare avanti le cose insieme, signorina bunner? Ecco le maniche. Le metterò insieme." si tolse un grappolo di spilli dalla bocca, in cui sembrava secernerli come gli scoiattoli ripongono le noci. "ecco," disse, arrotolando il lavoro, "vai subito a letto, signorina evelina, e ci sistemeremo un po 'più tardi domani sera. Immagino che tu sia un po' nervosa, vero? ? So che quando verrà il mio turno sarò spaventato a morte. "

Con questo arco di previsione si ritirò e ann eliza, tornando nella stanza sul retro, trovò evelina ancora svogliata seduta accanto al tavolo. Fedele alla sua nuova politica del silenzio, la sorella maggiore si mise a piegare l'abito da sposa; ma all'improvviso evelina disse con voce aspra e innaturale: "non serve a niente continuare così".

Le pieghe scivolarono dalle mani di ann eliza.

"evelina bunner - cosa vuoi dire?"

"scherzo quello che dico. È rimandato."

"rimandare - cosa rimandare?"

"il nostro matrimonio. Non può portarmi a san luigi. Non ha abbastanza soldi." tirò fuori le parole con il tono monotono di un bambino che recita una lezione.

Ann eliza raccolse un'altra larghezza di cashmere e iniziò a lisciarla. "non capisco," disse alla fine.

"beh, è abbastanza chiaro. Il viaggio è spaventosamente costoso, e dobbiamo avere qualcosa da cui iniziare quando usciamo. Abbiamo contato e lui non ha i soldi per farlo, tutto qui . "

"ma ho pensato che stesse andando dritto in un posto splendido."

"è così; ma lo stipendio è piuttosto basso il primo anno, e il consiglio è molto alto a san luigi. Ha solo ricevuto un'altra lettera dal suo amico tedesco, e l'ha capito, e ha paura di rischiare. Devo andare da solo. "

"ma ci sono i tuoi soldi - l'hai dimenticato? I cento dollari in banca."

Evelina fece un movimento impaziente. "certo che non l'ho dimenticato. Ma non è abbastanza. Tutto dovrebbe andare a comprare mobili, e se si fosse ammalato e avesse perso di nuovo il suo posto non avremmo più un centesimo. Lui dice che deve deporre altri cento dollari prima che sia disposto a portarmi là fuori ".

Per un po 'ann eliza rifletté su questa sorprendente affermazione; poi azzardò: "mi sembra che ci abbia pensato prima".

In un attimo evelina fu in fiamme. "immagino che sappia cosa è giusto quanto te o me. Morirei prima che essere un peso per lui."

Ann eliza non ha risposto. La stretta di un dubbio non formulato aveva frenato le parole sulle sue labbra. Aveva inteso, il giorno del matrimonio di sua sorella, dare a evelina l'altra metà dei loro risparmi comuni; ma qualcosa l'aveva avvertita di non dirlo adesso.

Le sorelle si spogliarono senza più parole. Dopo che furono andati a letto e la luce fu spenta, il pianto di evelina giunse ad ann eliza nell'oscurità, ma lei giaceva immobile sul suo lato del letto, fuori dal contatto con il corpo scosso della sorella. Non si era mai sentita così freddamente lontana da evelina.

Le ore della notte scorrevano lente, scandite con faticosa insistenza dall'orologio che aveva avuto un ruolo così importante nelle loro vite. I singhiozzi di evelina agitavano ancora il letto a intervalli sempre più lunghi, finché alla fine ann eliza credette di dormire. Ma con l'alba gli occhi delle sorelle si incontrarono e il coraggio di ann eliza le venne meno mentre guardava in faccia evelina.

Si mise a sedere sul letto e tese una mano supplichevole.

"non piangere così, cara. Non farlo."

"oh, non posso sopportarlo, non posso sopportarlo," gemette evelina.

Ann eliza le accarezzò la spalla tremante. "non, non farlo," ripeté. "se prendi gli altri cento, non sarà abbastanza? Ho sempre voluto darteli. Solo che non volevo dirtelo fino al giorno del tuo matrimonio."

Ix

Il matrimonio di evelina ha avuto luogo il giorno stabilito. Si celebrava la sera, nella cantoria della chiesa frequentata dalle suore, e dopo che era finita i pochi ospiti che erano stati presenti si recavano al seminterrato delle suore bunner, dove li attendeva una cena di nozze. Ann eliza, aiutata da miss mellins e mrs. Hawkins, e consapevolmente sostenuta dall'interesse sentimentale dell'intera strada, aveva impiegato le sue massime energie per l'arredamento del negozio e del retrobottega. Sul tavolo un vaso di crisantemi bianchi si trovava tra un piatto di arance e banane e una torta nuziale ghiacciata inghirlandata di fiori d'arancio realizzati dalla sposa. Foglie autunnali tempestate di rose di carta adornavano il non so che e il cromo della roccia dei secoli, e una corona di immortelle gialle era attorcigliata all'orologio che evelina venerò come il misterioso agente della sua felicità.

Al tavolo sedeva la signorina mellins, riccamente ornata di lustrini e braccialetti, la sua ragazza cucitrice sulla testa, una giovane pallida che aveva aiutato con l'abito di evelina, il signor. E la signora. Hawkins, con johnny, il loro figlio maggiore, e la signora. Hochmuller e sua figlia.

Sig.ra. La grande personalità bionda di hochmuller sembrava pervadere la stanza con la cancellazione degli ospiti meno proporzionati. Era reso più impressionante da un vestito di popeline cremisi che spiccava su di lei in pieghe simili a quelle di un organo; e linda, che ann eliza aveva ricordato come una bambina rozza con uno sguardo malizioso intorno agli occhi, la sorprese per un improvviso sbocciare nella grazia femminile come a volte segue una goffa fanciullezza. Gli hochmullers, infatti, hanno colpito la nota dominante nell'intrattenimento. Accanto a loro evelina, insolitamente pallida nel suo cashmere grigio e nel suo berretto bianco, sembrava un disegno appena slavato accanto a un brillante cromo; e il sig. Ramy, condannato alla tradizionale insignificanza della parte dello sposo, non fece alcun tentativo di elevarsi al di sopra della sua situazione. Persino la signorina mellins scintillava e tintinnò invano all'ombra di mrs. Massa cremisi di hochmuller; e ann eliza, con un vago presentimento, vide che il banchetto di nozze era incentrato sui due ospiti che aveva più voluto escludere da esso. Quello che si diceva o si faceva mentre tutti sedevano intorno al tavolo non ricordava più tardi: le lunghe ore rimasero nella sua memoria come un vortice di colori acuti e voci fragorose, da cui la pallida presenza di evelina di tanto in tanto emergeva come un viso annegato su un mare baciato dal tramonto.

La mattina dopo mr. Ramy e sua moglie hanno iniziato per st. Louis, e ann eliza è stato lasciato solo. Esteriormente la prima tensione della separazione fu mitigata dall'arrivo di miss mellins, mrs. Hawkins e johnny, che sono venuti per aiutare nella pulizia e nel riordino della stanza sul retro. Ann eliza era debitamente grata per la loro gentilezza, ma il "discorso" su cui avevano evidentemente fatto conto era il frutto del mar morto sulle sue labbra; e appena al di là del familiare calore delle loro presenze vide la forma della solitudine alla sua porta.

Ann eliza non era che una piccola persona per ospitare un così grande ospite, e un tremante senso di insufficienza la possedeva. Non aveva grandi riflessioni da offrire al nuovo compagno del suo focolare. Fino a quel momento tutti i suoi pensieri si erano rivolti a evelina e si erano plasmati in semplici parole semplici; del potente discorso del silenzio non conosceva la prima sillaba.

Tutto nel retrobottega e nel negozio, il secondo giorno dopo la partenza di evelina, sembrava essere diventato freddamente sconosciuto. L'intero aspetto del luogo era cambiato con le mutate condizioni di vita di ann eliza. Il primo cliente che aprì la porta del negozio la spaventò come un fantasma; e per tutta la notte giaceva sul fianco del letto, sprofondando di tanto in tanto in un sonno incerto da cui si svegliava all'improvviso per allungare la mano verso evelina. Nel nuovo silenzio che la circondava le pareti e i mobili trovavano voce, spaventandola al crepuscolo ea mezzanotte con strani sospiri e sussurri furtivi. Mani spettrali scuotevano le persiane delle finestre o sbattevano contro il chiavistello esterno, e una volta che ebbe freddo al suono di un passo come se evelina stesse attraversando di corsa il negozio buio per morire sulla soglia. Con il tempo, naturalmente, trovò una spiegazione per questi rumori, dicendosi che il letto si stava deformando, che la signorina mellins calpestava pesantemente in alto, o che il tuono dei carri di birra che passavano scuotevano il chiavistello; ma le ore che hanno portato a queste conclusioni erano piene di terrori fluttuanti che si induriscono in fissi presentimenti. La cosa peggiore erano i pasti solitari, quando lei continuava distrattamente a mettere da parte la fetta più grande di torta per evelina, ea lasciare raffreddare il tè mentre aspettava che la sorella si servisse alla prima tazza. La signorina mellins, entrando in uno di questi tristi pasti, suggerì l'acquisizione di un gatto; ma ann eliza scosse la testa. Non era mai stata abituata agli animali, e sentiva il vago allontanarsi dei pii dalle creature divise da lei dall'abisso della senz'anima.

Finalmente, dopo dieci giorni vuoti, arrivò la prima lettera di evelina.

"mia cara sorella", scrisse, nella sua mano spencer, "sembra strano essere in questa grande città così lontano da casa da solo con lui che ho scelto per la vita, ma il matrimonio ha i suoi doveri solenni che chi non lo è può non sperare mai di capire, e forse più felice per questo motivo, la vita per loro ha solo compiti e piaceri semplici, ma coloro che devono pensare per gli altri devono essere pronti a fare il loro dovere in qualunque posizione abbia voluto all'onnipotente chiamarli. Che ho motivo di lamentarmi, il mio caro marito è tutto amore e devozione, ma essendo assente tutto il giorno per i suoi affari come posso fare a meno di sentirmi solo a volte, come dice il poeta, è difficile per coloro che amano vivere separati, e mi chiedo spesso, mia cara sorella, come stai da sola nel negozio, che tu non possa mai provare i sentimenti di solitudine che ho provato da quando sono arrivato qui. Ci imbarchiamo ora, ma presto ci aspettiamo di trovare stanze e cambiare il nostro posto di residenza, allora avrò tutte le cure di una famiglia t o orso, ma tale è il destino di coloro che si uniscono alla loro sorte con gli altri, non possono sperare di sfuggire ai fardelli della vita, né lo chiederei, non vivrei sempre ma finché vivo pregherei sempre per avere la forza di fare il mio dovere. Questa città non è grande o bella come new york, ma se il mio destino fosse stato gettato in un deserto spero non dovrei lamentarmi, tale non è mai stata la mia natura, e coloro che scambiano la loro indipendenza per il dolce nome di moglie devono essere preparati trovare tutto non è oro quello che luccica, né mi aspetterei che come te scivolassi nel flusso della vita libero e sereno come una nuvola estiva, tale non è il mio destino, ma accadrà quello che troverà sempre in me un rassegnato e orante spirito, e sperando che questo ti trovi così come mi lascia, rimango, mia cara sorella,

"cordialmente,

"evelina b. Ramy."

Ann eliza aveva sempre segretamente ammirato il tono oratorio e impersonale delle lettere di evelina; ma i pochi che aveva letto in precedenza, essendo stati indirizzati a compagni di scuola o parenti lontani, erano apparsi alla luce di composizioni letterarie piuttosto che come registrazioni di esperienze personali. Ora non poteva non desiderare che evelina avesse messo da parte i periodi di gonfiore per uno stile più consono alla cronaca di incidenti domestici. Lesse la lettera più e più volte, cercando un indizio su ciò che sua sorella stava realmente facendo e pensando; ma dopo ogni lettura emergeva colpita ma non illuminata dal labirinto dell'eloquenza di evelina.

All'inizio dell'inverno ricevette altre due o tre lettere dello stesso tipo, ciascuna racchiusa nel suo libero guscio di retorica un più piccolo nocciolo di fatti. A forza di un paziente studio interlineare, ann eliza capì da loro che evelina e suo marito, dopo vari costosi esperimenti di pensione, erano stati ridotti a un appartamento di una casa popolare; che vive a st. Louis era più costoso di quanto avessero supposto, e quel mr. Ramy veniva tenuto fuori fino a tarda notte (perché, in una gioielleria, si chiese ann eliza?) E trovò la sua posizione meno soddisfacente di quanto si aspettasse. Verso febbraio le lettere caddero; e alla fine hanno smesso di venire.

Dapprima ann eliza scrisse, timidamente ma insistentemente, implorando notizie più frequenti; poi, mentre un appello dopo l'altro veniva inghiottito dal mistero del prolungato silenzio di evelina, vaghi timori cominciarono ad assalire la sorella maggiore. Forse evelina era malata, e non aveva nessuno a curarla se non un uomo che non sapeva nemmeno farsi una tazza di tè! Ann eliza ha ricordato lo strato di polvere in mr. Il negozio di ramy e le immagini di disordini domestici si mescolavano alla visione più toccante della malattia di sua sorella. Ma sicuramente se evelina fosse malata mr. Avrebbe scritto ramy. Scriveva una mano piccola e ordinata, e la comunicazione epistolare non era per lui un imbarazzo insuperabile. L'alternativa troppo probabile era che entrambi i due infelici fossero stati prostrati da qualche malattia che li aveva lasciati incapaci di evocarla - per evocarla l'avrebbero sicuramente, ann eliza con cinismo inconscio riflettuto, se lei o le sue piccole economie potessero essere utili per loro ! Più sforzò i suoi occhi nel mistero, più oscuro diventò; e la sua mancanza di iniziativa, la sua incapacità di immaginare quali misure si sarebbero potute prendere per rintracciare i perduti in luoghi lontani, la lasciò intorpidita e impotente.

Finalmente salì da qualche profondità di tormentata memoria il nome dell'azienda di st. Gioiellieri louis da cui il sig. Ramy è stato impiegato. Dopo molte esitazioni e notevoli sforzi, rivolse loro una timida richiesta di notizie del cognato; e prima di quanto avrebbe potuto sperare la risposta la raggiunse.

"cara signora,

"in risposta al vostro del 29 ° supremo. Vi preghiamo di precisare che il partito a cui vi riferite è stato dimesso dal nostro impiego un mese fa. Ci dispiace di non essere in grado di fornirvi il suo indirizzo.

"cordialmente,

"ludwig e hammerbusch."

Ann eliza lesse e rilesse la breve affermazione in uno stupore di angoscia. Aveva perso la sua ultima traccia di evelina. Per tutta la notte rimase sveglia, portando avanti lo stupendo progetto di andare a st. Luigi in cerca di sua sorella; ma sebbene mettesse insieme le sue poche possibilità finanziarie con l'ingegnosità di un cervello abituato a inserire pezzi strani in trapunte rattoppate, si svegliò al fatto che la fredda luce del giorno non poteva raccogliere i soldi per il suo viaggio. Il suo regalo di nozze a evelina l'aveva lasciata senza risorse oltre ai guadagni giornalieri, e questi erano diminuiti costantemente con il passare dell'inverno. Aveva da tempo rinunciato alla sua visita settimanale dal macellaio e aveva ridotto le sue altre spese al minimo indispensabile; ma la frugalità più sistematica non le aveva permesso di investire denaro. Nonostante i suoi ostinati sforzi per mantenere la prosperità della piccola bottega, l'assenza di sua sorella aveva già parlato dei suoi affari. Ora che ann eliza doveva portare lei stessa i fagotti dal tintore, i clienti che chiamavano in sua assenza, trovando il negozio chiuso, troppo spesso andavano altrove. Inoltre, dopo diversi sforzi severi ma inutili, aveva dovuto rinunciare alla rifinitura dei cappelli, che nelle mani di evelina era stata la parte più redditizia oltre che la più interessante dell'attività. Questo cambiamento, all'occhio femminile di passaggio, privò la vetrina della sua principale attrazione; e quando l'esperienza dolorosa aveva convinto i clienti abituali delle sorelle bunner della mancanza di abilità modisteria di ann eliza, iniziarono a perdere fiducia nella sua capacità di arricciare una piuma o persino di "rinfrescare" un mazzo di fiori. Venne il momento in cui ann eliza aveva quasi deciso di parlare con la signora con le maniche a sbuffo, che l'aveva sempre guardata così gentilmente, e una volta aveva ordinato un cappello di evelina. Forse la signora con le maniche a sbuffo sarebbe riuscita a farle fare un cucito semplice; oppure potrebbe consigliare il negozio agli amici. Ann eliza, con questa possibilità in vista, frugò in un cassetto il resto dei biglietti da visita che le sorelle avevano ordinato al primo colpo della loro avventura commerciale; ma quando finalmente apparve la signora con le maniche a sbuffo, era in un profondo lutto e aveva uno sguardo così triste che ann eliza non osava parlare. Entrò per comprare dei rocchetti di filo nero e di seta, e sulla soglia si voltò per dire: "io partirò domani per molto tempo. Spero che trascorrerai un piacevole inverno". E la porta si chiuse su di lei.

Un giorno, non molto tempo dopo, ad ann eliza venne in mente di andare a hoboken in cerca della signora. Hochmuller. Per quanto si trattenesse dal riversare la sua angoscia in quel particolare orecchio, la sua ansia l'aveva portata oltre tale riluttanza; ma quando cominciò a riflettere sulla questione si trovò di fronte a una nuova difficoltà. In occasione della sua unica visita alla signora. Hochmuller, lei ed evelina si erano lasciate condurre lì dal sig. Ramy; e ora ann eliza si accorse di non conoscere nemmeno il nome del sobborgo della lavandaia, tanto meno quello della strada in cui abitava. Ma doveva avere notizie di evelina, e nessun ostacolo era abbastanza grande da contrastarla.

Sebbene desiderasse rivolgersi a qualcuno per un consiglio, non le piaceva per esporre la sua situazione alla mancanza dell'occhio indagatore di mellins, e all'inizio non riusciva a pensare a nessun altro confidente. Poi si ricordò di mrs. Hawkins, o meglio suo marito, che, sebbene ann eliza lo avesse sempre considerato un uomo ottuso e ignorante, era probabilmente dotato della misteriosa facoltà maschile di scoprire gli indirizzi delle persone. È stato difficile con ann eliza fidarsi del suo segreto anche al mite orecchio della signora. Hawkins, ma almeno le fu risparmiato il controinterrogatorio a cui l'avrebbe sottoposta la sarta. L'accumularsi della pressione delle cure domestiche era così schiacciata in mrs. Coglie ogni curiosità per le vicende altrui che accolse la confidenza del suo visitatore con un'indifferenza quasi mascolina, mentre cullava il suo bambino da dentizione su un braccio e con l'altro cercava di controllare gli impulsi acrobatici dell'età successiva.

"mio, mio", ha detto semplicemente mentre finiva ann eliza. "stai fermo ora, arthur: la signorina bunner non vuole che tu salti su e giù con i suoi piedi oggi. E cosa stai guardando, johnny? Corri subito e gioca," aggiunse, voltandosi severamente al suo primogenito , che, poiché era il meno cattivo, di solito sopportava il peso maggiore della sua ira contro gli altri.

"beh, forse il signor hawkins può aiutarti", la signora. Hawkins continuò meditativamente, mentre i bambini, dopo essersi sparpagliati su sua richiesta, tornavano alle loro precedenti occupazioni come mosche che si posavano nel punto da cui una mano esasperata li aveva travolti. "lo manderò subito nel momento in cui entra, e tu puoi raccontargli l'intera storia. Non mi chiedo ma cosa può trovare l'indirizzo della signora hochmuller in canonica. So che hanno uno dove lavora. "

"sarei davvero grata se potesse," mormorò ann eliza, alzandosi dal suo posto con il senso fittizio di leggerezza che deriva dall'impartire un terrore a lungo nascosto.

X

Sig. Hawkins si è dimostrato degno della fede di sua moglie nelle sue capacità. Ha imparato da ann eliza quanto lei poteva dirgli di mrs. Hochmuller e tornò la sera successiva con un pezzo di carta con il suo indirizzo, sotto il quale johnny (lo scriba di famiglia) aveva scritto in una grossa mano rotonda i nomi delle strade che portavano lì dal traghetto.

Ann eliza rimase sveglia tutta quella notte, ripetendo più e più volte le indicazioni mr. Le aveva dato hawkins. Era un uomo gentile e lei sapeva che sarebbe andato volentieri con lei a hoboken; anzi, lesse nei suoi occhi timidi l'intenzione semiformata di offrirsi di accompagnarla, ma in una simile commissione preferiva andare da sola.

La domenica successiva, di conseguenza, partì presto e senza troppi problemi trovò la strada per il traghetto. Era passato quasi un anno dalla sua precedente visita alla signora. Hochmuller, e una fredda brezza di aprile le colpì il viso mentre saliva sulla barca. La maggior parte dei passeggeri era rannicchiata nella cabina, e ann eliza si ritirò nel suo angolo più oscuro, tremando sotto il sottile mantello nero che era sembrato così caldo in luglio. Scese a terra cominciò a sentirsi un po 'perplessa, ma un poliziotto paterno la mise nella macchina giusta e come in sogno si ritrovò a ripercorrere la strada per la signora. La porta di hochmuller. Aveva detto al capotreno il nome della via da cui desiderava uscire, e subito si trovava nel vento pungente all'angolo vicino alla birreria, dove una volta il sole l'aveva picchiata così violentemente. Finalmente apparve un'auto vuota, con il fianco giallo decorato con il nome di mrs. Il sobborgo di hochmuller, e ann eliza stava passando davanti a sobbalzare le strette case di mattoni isolate tra lotti vuoti come giganteschi pali in una laguna desolata. Quando la macchina giunse alla fine del suo viaggio, scese e rimase per un po 'di tempo cercando di ricordare quale svolta mr. Ramy aveva preso. Aveva appena deciso di chiedere all'autista quando lui scosse le redini sul dorso dei suoi magri cavalli e l'auto, ancora vuota, corse via verso hoboken.

Ann eliza, rimasta sola sul ciglio della strada, cominciò ad avanzare con cautela, cercando una piccola casa rossa con un timpano sovrastato da un olmo; ma tutto di lei sembrava insolito e ostile. Uno o due uomini dall'aria scontrosa le passavano accanto con sguardi curiosi e lei non riusciva a decidersi a fermarsi e parlare con loro.

Alla fine un ragazzo dalla testa di paglia uscì da una porta battente che lasciava intendere una convivialità illecita, ea lui ann eliza si azzardò a confidare le sue difficoltà. L'offerta di cinque centesimi lo ha licenziato con un'istantanea disponibilità a condurla a mrs. Hochmuller, e presto trotterellò davanti al cortile del tagliapietre, seguito da ann eliza.

Un'altra svolta nella strada li portò alla casetta rossa e, dopo aver ricompensato la sua guida, ann eliza aprì il cancello e si avvicinò alla porta. Il suo cuore batteva violentemente, e dovette appoggiarsi al montante della porta per ricomporre le sue labbra tremanti: fino a quel momento non aveva saputo quanto le avrebbe fatto male parlare di evelina alla signora. Hochmuller. Quando la sua agitazione si placò, iniziò a notare quanto fosse cambiato l'aspetto della casa. Non solo l'inverno aveva spogliato l'olmo e annerito i bordi dei fiori: la casa stessa aveva un'aria degradata e deserta. I vetri delle finestre erano incrinati e sporchi, e una o due persiane oscillavano cupamente sui cardini allentati.

Ha suonato più volte prima che la porta fosse aperta. Finalmente una donna irlandese con uno scialle sopra la testa e un bambino in braccio apparve sulla soglia, e guardando oltre di lei nello stretto passaggio ann eliza vide che la signora. L'ordinata dimora di hochmuller si era deteriorata tanto all'interno quanto all'esterno.

Alla menzione del nome la donna lo fissò. "signora chi, avete detto?"

"signora hochmuller. Questa è sicuramente casa sua?"

"no, non è né l'uno né l'altro," disse la donna voltandosi.

"oh, ma aspetta, per favore," supplicò ann eliza. "non posso sbagliarmi. Intendo la signora hochmuller che si lava. Sono uscito a trovarla lo scorso giugno."

"oh, la lavandaia olandese è ... Lei che viveva qui? È stata via da due mesi e più. È mike mcnulty vive qui ora. Whisht!" al bambino, che aveva squadrato la bocca per un ululato.

Le ginocchia di ann eliza si indebolirono. "la signora hochmuller se n'è andata? Ma dov'è andata? Deve essere da qualche parte qui intorno. Non potete dirmelo?"

"certo e non posso," disse la donna. "è svanita prima che arrivassimo."

"dalia geoghegan, porterai fuori il choild dal cowld?" gridò una voce irata dall'interno.

"per favore, aspetta ... Oh, per favore aspetta," insistette ann eliza. "vedi, devo trovare la signora hochmuller."

"perché non vai a cercarla magra?" la donna tornò sbattendosi la porta in faccia.

Rimase immobile sul gradino della porta, stordita dall'immensità della sua delusione, finché uno scoppio di voci forti all'interno della casa la spinse lungo il sentiero e fuori dal cancello.

Anche allora non riuscì a capire cosa fosse successo, e fermandosi in strada guardò di nuovo la casa, quasi sperando che la signora. Il volto di hochmuller, un tempo detestato, potrebbe apparire su una delle finestre sporche.

Fu destata da un vento gelido che sembrava spuntare all'improvviso dalla scena desolata, perforando il suo vestito sottile come una garza; e voltandosi iniziò a tornare sui suoi passi. Pensò di chiedere per la signora. Hochmuller in alcune delle case vicine, ma il loro aspetto era così ostile che lei proseguì senza decidersi a quale porta suonare. Quando raggiunse il capolinea delle carrozze a cavallo, un'auto si stava dirigendo verso hoboken e per quasi un'ora dovette aspettare all'angolo con il vento pungente. Le sue mani ei suoi piedi erano irrigiditi dal freddo quando l'auto finalmente apparve di nuovo in vista, e pensò di fermarsi da qualche parte sulla strada per il traghetto per una tazza di tè; ma prima che la regione delle mense fosse raggiunta era diventata così malata e stordita che il pensiero del cibo le era ripugnante. Alla fine si ritrovò sul traghetto, nel soffocante soffocamento della cabina affollata; poi ci fu un altro intervallo di brividi all'angolo di una strada, un altro lungo viaggio traballante in un'auto "attraversata la città" che odorava di paglia umida e tabacco; e infine, nel freddo crepuscolo primaverile, aprì la porta e si fece strada a tentoni attraverso il negozio fino alla sua camera senza fuoco.

La mattina dopo la signora. Hawkins, facendo un salto per ascoltare il risultato del viaggio, trovò ann eliza seduta dietro il bancone avvolta in un vecchio scialle.

"perché, signorina bunner, stai male! Devi avere la febbre - la tua faccia è altrettanto rossa!"

"non è niente. Immagino di aver preso freddo ieri sul traghetto", ha ammesso ann eliza.

"e qui dentro è come un caveau!" sig.ra. La rimproverò hawkins. "fammi sentire la tua mano: sta bruciando. Ora, signorina bunner, devi andare subito a letto subito."

"oh, ma non posso, signora hawkins." ann eliza tentò un debole sorriso. "dimentichi che non c'è nessuno all'infuori di me per occuparsi del negozio."

"immagino che non ci tarderai neanche a lungo, se non stai attenta", mrs. Replicò cupamente hawkins. Sotto il suo placido aspetto esteriore nutriva una morbosa passione per la malattia e la morte, e la vista della sofferenza di ann eliza l'aveva risvegliata dalla sua abituale indifferenza. "non ci sono così tante persone che vengono al negozio, comunque," continuò con inconscia crudeltà, "e vado subito a vedere se la signorina mellins non può risparmiare una delle sue ragazze."

Ann eliza, troppo stanca per resistere, ha permesso a mrs. Hawkins per metterla a letto e fare una tazza di tè sul fornello, mentre la signorina mellins, sempre benevolmente sensibile a qualsiasi richiesta di aiuto, mandava giù la ragazzina dagli occhi deboli a trattare con ipotetici clienti.

Ann eliza, avendo finora rinunciato alla sua indipendenza, sprofondò in un'improvvisa apatia. Per quanto riusciva a ricordare, era la prima volta nella sua vita che si prendeva cura di lei invece di prendersi cura, e ci fu un sollievo momentaneo nella resa. Ingoiò il tè come un bambino obbediente, lasciò che le fosse applicato un impiastro sul petto dolorante e non pronunciò alcuna protesta quando un fuoco si accese nella grata usata di rado; ma come mrs. Hawkins si chinò per "sistemare" i cuscini, si sollevò sul gomito per sussurrare: "oh, signora hawkins, signora hochmuller, non c'è". Le lacrime le rigarono le guance.

"lei non c'era? Si è trasferita?"

"più di due mesi fa, e non sanno dove sia andata. Oh cosa farò, signora hawkins?"

"ecco, là, signorina bunner. Rimani immobile e non ti preoccupare. Chiederò al signor hawkins non appena torna a casa."

Ann eliza mormorò la sua gratitudine e la signora. Hawkins, chinandosi, la baciò sulla fronte. "non preoccuparti," ripeté, con la voce con cui calmava i suoi figli.

Per più di una settimana ann eliza giaceva a letto, fedelmente curata dai suoi due vicini, mentre la bambina dagli occhi deboli e la pallida cucitrice che aveva aiutato a finire l'abito da sposa di evelina, si alternavano nella mente del negozio. Ogni mattina, quando comparivano le sue amiche, ann eliza alzava la testa per chiedere: "c'è una lettera?" e al loro gentile negativo ricadde in silenzio. Sig.ra. Hawkins, per diversi giorni, non parlò più della sua promessa di consultare il marito sul modo migliore per rintracciare la signora. Hochmuller; e il terrore di una nuova delusione impedì ad ann eliza di sollevare l'argomento.

Ma la domenica sera successiva, mentre si sedeva per la prima volta sostenuta sulla sedia a dondolo vicino alla stufa, mentre la signorina mellins studiava il bollettino della polizia sotto la lampada, bussarono alla porta del negozio e il signor. Hawkins entrò.

La prima occhiata di ann eliza al suo viso semplice e amichevole le mostrò che aveva notizie da dare, ma sebbene non cercasse più di nascondere la sua ansia alla signorina mellins, le sue labbra tremavano troppo per lasciarla parlare.

"buona sera, signorina bunner", ha detto il sig. Hawkins con la sua voce trascinante. "sono stato a hoboken tutto il giorno a cercare la signora hochmuller."

"oh, signor hawkins, hai?"

"ho fatto una ricerca approfondita, ma mi dispiace dire che è stata inutile. È rimasta hoboken, se n'è andata e nessuno sembra sapere dove."

"è stato davvero bravo da parte tua, signor hawkins." la voce di ann eliza si alzò in un debole sussurro attraverso la marea sommersa della sua delusione.

Sig. Hawkins, nel suo senso imbarazzato di essere il portatore di cattive notizie, stava davanti a lei incerto; poi si voltò per andarsene. "nessun problema," si fermò per assicurarla dalla porta.

Voleva parlare di nuovo, trattenerlo, chiedergli di consigliarla; ma le parole le si strinsero in gola e rimase in silenzio.

Il giorno dopo si alzò presto, si vestì e si fece la cuffia con le dita che tremavano. Aspettò che comparisse la bambina dagli occhi deboli, e dopo aver impartito le sue minuziose istruzioni sulla cura del negozio, sgattaiolò in strada. Le era venuto in mente in una delle stanche veglie della notte precedente che sarebbe potuta andare da tiffany e fare domande sul passato di ramy. Forse in questo modo avrebbe potuto ottenere alcune informazioni che le suggerissero un nuovo modo per raggiungere evelina. Era colpevolmente consapevole che la signora. Hawkins e la signorina mellins si sarebbero arrabbiate con lei per essersi avventurata all'aperto, ma sapeva che non avrebbe mai dovuto sentirsi meglio finché non avesse avuto notizie di evelina.

L'aria mattutina era pungente e mentre si voltava per fronteggiare il vento si sentiva così debole e instabile che si chiedeva se sarebbe mai arrivata fino a union square; ma camminando molto lentamente, e stando ferma di tanto in tanto quando poteva farlo senza essere notata, si trovava finalmente davanti alle grandi porte di vetro del gioielliere.

Era ancora così presto che non c'erano acquirenti nel negozio e si sentì al centro di innumerevoli occhi disoccupati mentre avanzava tra lunghe file di vetrine luccicanti di diamanti e argento.

Si guardava intorno nella speranza di trovare il reparto dell'orologio senza doversi avvicinare a uno degli imponenti gentiluomini che camminavano su e giù per i corridoi vuoti, quando attirò l'attenzione di uno dei più imponenti del numero.

La formidabile benevolenza con cui le chiedeva cosa poteva fare per lei la faceva quasi disperare di spiegarsi; ma alla fine riuscì a districare da un turbinio di inizi sbagliati la richiesta di essere mostrata al dipartimento dell'orologeria.

Il signore la considerò pensieroso. "posso chiederti che stile di orologio stai cercando? Sarebbe per un regalo di nozze, o ...?"

L'ironia dell'allusione riempì le vene di ann eliza di una forza improvvisa. "non voglio affatto comprare un orologio. Voglio vedere il capo del dipartimento."

"signor loomis?" il suo sguardo la pesava ancora - poi sembrò mettere da parte il problema che lei presentava come al di sotto della sua attenzione. "oh, certo. Prendi l'ascensore fino al secondo piano. Il prossimo corridoio a sinistra." le fece cenno di scendere dalla prospettiva infinita delle vetrine.

Ann eliza seguì la linea del suo gesto signorile e una rapida ascesa la portò in una grande sala piena del ronzio e del rimbombo di migliaia di orologi. Da qualunque parte guardasse, gli orologi si allungavano lontano da lei in scintillanti interminabili panorami: orologi di tutte le dimensioni e voci, dal gigante con la gola a campana del corridoio al cinguettio giocattolo della toletta; orologi alti di mogano e ottone con campanelli da cattedrale; orologi in bronzo, vetro, porcellana, di ogni possibile dimensione, voce e configurazione; e tra i loro ranghi serrati, lungo il pavimento levigato delle navate, si muovevano le languide forme di altri gentiluomini camminatori, in attesa dell'inizio dei loro doveri.

Uno di loro si avvicinò presto e ann eliza ripeté la sua richiesta. Lo ha ricevuto affabilmente.

"signor loomis? Scendi in ufficio dall'altra parte." indicò una specie di scatola di vetro smerigliato e pannelli levigati.

Mentre lo ringraziava, si rivolse a uno dei suoi compagni e disse qualcosa in cui lei colse il nome di mr. Loomis, e che fu accolto con una risatina di apprezzamento. Sospettava di essere l'oggetto del piacere e raddrizzò le spalle magre sotto il mantello.

La porta dell'ufficio era aperta e all'interno sedeva un uomo dalla barba grigia a una scrivania. Alzò lo sguardo gentilmente, e di nuovo lei chiese di mr. Loomis.

"sono il signor loomis. Cosa posso fare per te?"

Era molto meno portentoso degli altri, anche se lei immaginava che fosse al di sopra di loro in autorità; e incoraggiata dal suo tono si sedette sul bordo della sedia a cui lui le fece cenno.

"spero che mi scusi se vi disturbo, signore. Sono venuto a chiederle se poteva dirmi qualcosa sul signor herman ramy. Era impiegato qui nel dipartimento dell'orologeria due o tre anni fa."

Sig. Loomis non ha mostrato alcun riconoscimento del nome.

"ramy? Quando è stato dimesso?"

"non lo so. Era molto malato, e quando si è ripreso il suo posto era stato riempito. Ha sposato mia sorella lo scorso ottobre e sono andati a san luigi, non ho avuto notizie di loro per più di due mesi, ed è la mia unica sorella, e sono pazzo a preoccuparmi per lei ".

"vedo." sig. Loomis rifletté. "in quale ruolo è stato impiegato ramy qui?" chiese dopo un momento.

"lui ... Ci ha detto che era uno dei capi del dipartimento dell'orologeria," balbettò ann eliza, sopraffatta da un dubbio improvviso.

"probabilmente era una leggera esagerazione. Ma posso parlarti di lui facendo riferimento ai nostri libri. Di nuovo il nome?"

"ramy-herman ramy."

Seguì un lungo silenzio, rotto solo dal fruscio delle foglie mentre il sig. Loomis voltò i suoi libri mastri. Subito alzò lo sguardo, tenendo il dito tra le pagine.

"eccolo ... Herman ramy. Era uno dei nostri normali operai e ci ha lasciato tre anni e mezzo fa lo scorso giugno."

"a causa della malattia?" ann eliza esitò.

Sig. Loomis sembrava esitare; poi ha detto: "non vedo alcun accenno alla malattia". Ann eliza sentì di nuovo i suoi occhi compassionevoli su di lei. "forse è meglio che ti dica la verità. È stato licenziato per uso di droghe. Un operaio capace, ma non siamo riusciti a tenerlo dritto. Mi dispiace dirtelo, ma sembra più giusto, dato che tu dì che sei in ansia per tua sorella. "

I lati lucidi dell'ufficio svanirono alla vista di ann eliza, e lo schiamazzo degli innumerevoli orologi le giunse come l'urlo delle onde in una tempesta. Ha cercato di parlare ma non ci è riuscita; cercò di alzarsi in piedi, ma il pavimento era sparito.

"mi dispiace molto", mr. Ripeté loomis, chiudendo il libro mastro. "ricordo perfettamente quell'uomo adesso. Di tanto in tanto spariva e si ripresentava in uno stato che lo rendeva inutile per giorni."

Mentre ascoltava, ann eliza ha ricordato il giorno in cui era venuta da mr. Ramy seduto in preda allo sconforto dietro il suo bancone. Vide di nuovo gli occhi sfocati e non riconoscenti che lui le aveva rivolto, lo strato di polvere su ogni cosa nel negozio e l'orologio di bronzo verde nella vetrina che rappresentava un cane di terranova con la zampa su un libro. Si alzò lentamente.

"grazie. Mi dispiace di averti turbato."

"non è stato un problema. Dici che ramy ha sposato tua sorella lo scorso ottobre?"

"sì, signore; e subito dopo sono andati a san luigi. Non so come trovarla. Ho pensato che forse qualcuno qui potrebbe sapere di lui."

"beh, forse qualcuno degli operai potrebbe. Lasciami il tuo nome e ti manderò un messaggio se mi metto sulle sue tracce."

Le porse una matita e lei annotò il suo indirizzo; poi se ne andò alla cieca tra gli orologi.

Sig. Loomis, fedele alla sua parola, scrisse pochi giorni dopo di aver chiesto invano in officina notizie di ramy; e mentre piegava questa lettera e la metteva tra i fogli della sua bibbia, ann eliza sentì che la sua ultima speranza era svanita. La signorina mellins, naturalmente, aveva da tempo suggerito la mediazione della polizia e citato dalla sua letteratura preferita esempi convincenti dell'abilità soprannaturale del detective pinkerton; ma mr. Hawkins, quando fu chiamato in consiglio, troncò questo progetto sottolineando che gli investigatori costavano qualcosa come venti dollari al giorno; e una vaga paura della legge, una visione semiformata di evelina nella stretta di un "ufficiale" in camice blu, impediva ad ann eliza di invocare l'aiuto della polizia.

Dopo l'arrivo del sig. Nota di loomis le settimane si sono susseguite senza incidenti. La tosse di ann eliza le si aggrappò fino a tarda primavera, il riflesso nello specchio si fece più incurvato e magro, e la sua fronte si inclinò ulteriormente verso la ciocca di capelli che era fissata sopra la sua separazione da un pettine di gomma indiana .

Verso la primavera una signora che aspettava un bambino prese dimora presso l'albergo della famiglia mendoza, e grazie all'intervento amichevole della signorina mellins la realizzazione di alcuni vestiti da neonato fu affidata ad ann eliza. Questo le alleviava l'ansia per l'immediato futuro; ma doveva svegliarsi per provare un senso di sollievo. Il suo benessere personale era ciò che meno la preoccupava. A volte pensava di rinunciare del tutto al negozio; e solo il timore che, se avesse cambiato indirizzo, evelina non sarebbe riuscita a trovarla, le impediva di portare a termine questo piano.

Da quando aveva perso l'ultima speranza di rintracciare sua sorella, tutte le attività della sua solitaria immaginazione si erano concentrate sulla possibilità che evelina tornasse da lei. La scoperta del segreto di ramy la riempì di paure spaventose. Nella solitudine della bottega e del retrobottega fu torturata da immagini vaghe delle sofferenze di evelina. Quali orrori potrebbero non essere nascosti sotto il suo silenzio? Il grande terrore di ann eliza era che la signorina mellins le tirasse fuori ciò che aveva imparato dal signor. Loomis. Era sicura che la signorina mellins avesse cose abominevoli da raccontare sui drogati, cose che non aveva la forza di sentire. "drogato": la parola stessa era satanica; sentiva la signorina mellins rotolarlo sulla lingua. Ma la stessa immaginazione di ann eliza, abbandonata a se stessa, aveva cominciato a far passare le lunghe ore con visioni malvagie. A volte, di notte, le sembrava di sentirsi chiamare: la voce era quella di sua sorella, ma debole per un terrore senza nome. I suoi momenti più sereni furono quelli in cui riuscì a convincersi che evelina era morta. Allora pensò a lei, mestamente ma con più calma, come spinta via sotto il tumulo trascurato di un cimitero sconosciuto, dove nessuna lapide segnava il suo nome, nessuna persona in lutto con fiori per un'altra tomba si fermò con pietà per deporre un fiore sulla sua. Ma questa visione spesso non dava ad ann eliza il suo sollievo negativo; e sempre, sotto le sue linee nebulose, si annidava l'oscura convinzione che evelina fosse viva, infelice e desiderosa di lei.

Così l'estate finì. Ann eliza sapeva che mrs. Hawkins e miss mellins la stavano osservando con affettuosa ansia, ma la consapevolezza non le dava conforto. Non le importava più di quello che sentivano o pensavano di lei. Il suo dolore era ben oltre il contatto con la guarigione umana, e dopo un po 'si rese conto che sapevano che non potevano aiutarla. Venivano ancora tutte le volte che la loro vita frenetica lo consentiva, ma le loro visite si accorciavano e mrs. Hawkins portava sempre arthur o il bambino, in modo che ci fosse qualcosa di cui parlare, e qualcuno da rimproverare.

Venne l'autunno e l'inverno. Gli affari erano caduti di nuovo e nel piccolo negozio nel seminterrato vennero pochi acquirenti. In gennaio ann eliza ha dato in pegno la sciarpa di cashmere di sua madre, la sua spilla a mosaico e il palissandro su cui era sempre stato l'orologio; avrebbe venduto anche il letto, se non fosse stato per la persistente visione di evelina che tornava debole e stanca, e non sapeva dove appoggiare la testa.

L'inverno passò a sua volta e la marcia ricomparve con le sue galassie di giunchiglie gialle agli angoli ventosi delle strade, ricordando ad ann eliza il giorno di primavera in cui evelina era tornata a casa con un mazzo di giunchiglie in mano. Nonostante i fiori che conferivano alle strade una luminosità così prematura, il mese era feroce e tempestoso, e ann eliza non riusciva a riscaldarle le ossa. Tuttavia, stava iniziando insensibilmente a intraprendere la routine di guarigione della vita. A poco a poco si era abituata a stare da sola, aveva cominciato a nutrire un languido interesse per uno o due nuovi acquirenti che la stagione le aveva portato, e sebbene il pensiero di evelina fosse più commovente che mai, era meno persistente in primo piano della sua mente.

Nel tardo pomeriggio era seduta dietro il bancone, avvolta nello scialle, e si chiedeva quanto presto avrebbe potuto abbassare le persiane e ritirarsi nella relativa intimità della stanza sul retro. Non pensava a niente in particolare, tranne forse in modo confuso alla signora con le maniche a sbuffo, che dopo la sua lunga eclissi era riapparsa il giorno prima con maniche di nuovo taglio, e aveva comprato del nastro adesivo e degli aghi. La signora indossava ancora il lutto, ma evidentemente lo stava alleggerendo, e ann eliza vedeva in questo la speranza di ordini futuri. La signora aveva lasciato il negozio circa un'ora prima, allontanandosi con il suo passo aggraziato verso la quinta strada.

Aveva augurato la buona giornata ad ann eliza nel suo solito modo affabile, e ann eliza pensava quanto fosse strano che si fossero conosciuti così a lungo, eppure non conoscesse il nome della signora. Da questa considerazione la sua mente vagò verso il taglio delle nuove maniche della signora, e lei era irritata con se stessa per non averlo notato con più attenzione. Sentiva che alla signorina mellins sarebbe piaciuto saperlo. I poteri di osservazione di ann eliza non erano mai stati così acuti come quelli di evelina, quando quest'ultima non era troppo concentrata su se stessa per esercitarli. Come diceva sempre la signorina mellins, evelina poteva "prendere schemi con gli occhi": avrebbe potuto tagliare quella nuova manica da un giornale piegato in un batter d'occhio! Meditando su queste cose, ann eliza desiderò che la signora tornasse e le desse un'altra occhiata alla manica. Non era improbabile che passasse da quella parte, perché di certo viveva nella piazza o nei dintorni. All'improvviso ann eliza notò un piccolo fazzoletto ordinato sul bancone: doveva essere caduto dalla borsa della signora, e probabilmente sarebbe tornata a prenderlo. Ann eliza, soddisfatta dell'idea, si sedette dietro il bancone e osservò la strada che si oscurava. Accendeva sempre il gas il più tardi possibile, tenendo la scatola dei fiammiferi al gomito, in modo che, se qualcuno fosse venuto, avrebbe potuto applicare una rapida fiamma al getto del gas. Alla fine, nel crepuscolo sempre più profondo, scorse una figura snella e scura che scendeva i gradini del negozio. Con un po 'di calore di piacere intorno al cuore si allungò per accendere il gas. "credo che questa volta le chiederò il nome," pensò. Alzò la fiamma al massimo e vide sua sorella in piedi sulla porta.

Eccola finalmente, la povera tonalità pallida di evelina, il suo viso magro sbiancato dal suo rosa tenue, le rigide increspature scomparse dai suoi capelli e un mantello più trasandato di quello di ann eliza disegnato sulle sue spalle strette. Il bagliore del gas la colpì in pieno mentre si alzava e guardava ann eliza.

"sorella - oh, evelina! Sapevo che saresti venuta!"

Ann eliza l'aveva colta da vicino con un lungo gemito di trionfo. Parole vaghe si riversarono da lei mentre appoggiava la guancia contro quella di evelina: banali affettuosità inarticolate colte dalla signora. I lunghi discorsi di hawkins al suo bambino.

Per un po 'evelina si lasciò trattenere passivamente; poi si ritrasse dalla fibbia della sorella e si guardò intorno nel negozio. "sono stanco morto. Non c'è fuoco?" lei chiese.

"certo che c'è!" ann eliza, tenendole ferma la mano, la trascinò nella stanza sul retro. Non voleva ancora fare domande: voleva semplicemente sentire il vuoto della stanza riempito di nuovo dall'unica presenza che per lei era calore e luce.

Si inginocchiò davanti alla grata, grattò alcuni pezzi di carbone e legna dal fondo del serbatoio del carbone e avvicinò una delle sedie a dondolo alla fiamma debole. "ecco ... Che divamperà in un minuto," disse. Premette evelina sui cuscini scoloriti della sedia a dondolo e, inginocchiandosi accanto a lei, cominciò a strofinarsi le mani.

"hai freddo come la pietra, vero? Stai fermo e riscaldati mentre corro a prendere il bollitore. Ho qualcosa che ti piaceva sempre per cena." posò la mano sulla spalla di evelina. "non parlare - oh, non parlare ancora!" ha implorato. Voleva mantenere quel fragile secondo di felicità tra se stessa e ciò che sapeva doveva accadere.

Evelina, senza una parola, si chinò sul fuoco, allungando le mani sottili verso il fuoco e guardando ann eliza riempire il bollitore e apparecchiare la tavola della cena. Il suo sguardo aveva la fissità sognante di un bambino mezzo risvegliato.

Ann eliza, con un sorriso di trionfo, portò una fetta di torta alla crema dall'armadio e la mise vicino al piatto della sorella.

"ti piace, non è vero? La signorina mellins me l'ha mandato questa mattina. Ha invitato sua zia da brooklyn a cena. Non è buffo che sia successo così?"

"non ho fame" disse evelina, alzandosi per avvicinarsi al tavolo.

Si sedette al suo solito posto, si guardò intorno con lo stesso sguardo meravigliato e poi, come una volta, si versò la prima tazza di tè.

"dov'è il cosa-non è andato?" chiese all'improvviso.

Ann eliza posò la teiera e si alzò per prendere un cucchiaio dall'armadio. Voltando le spalle alla stanza disse: "il cosa-non? Perché, vedi, cara, vivere qui tutta sola da sola ha fatto solo un'altra cosa in polvere; così l'ho venduta."

Gli occhi di evelina stavano ancora vagando per la stanza familiare. Sebbene fosse contro tutte le tradizioni della famiglia bunner vendere qualsiasi proprietà domestica, non si stupì della risposta di sua sorella.

"e l'orologio? Anche l'orologio è andato."

"oh, l'ho dato via - l'ho dato alla signora hawkins. È rimasta sveglia così tante notti con quell'ultimo bambino."

"vorrei che non l'avessi mai comprato", disse duramente evelina.

Il cuore di ann eliza si spense per la paura. Senza rispondere, andò al posto della sorella e le versò una seconda tazza di tè. Poi un altro pensiero la colpì, e tornò all'armadio e tirò fuori il cordiale. In assenza di evelina, i vicini invalidi ne avevano tratto notevoli spifferi; ma restava ancora un bicchiere del prezioso liquido.

"ecco, bevi questo subito - ti riscalderà più velocemente di ogni altra cosa", ha detto ann eliza.

Evelina obbedì e una leggera scintilla di colore le entrò nelle guance. Si voltò verso la torta alla crema e cominciò a mangiare con una silenziosa voracità angosciante da guardare. Non guardò nemmeno per vedere cosa fosse rimasto di ann eliza.

"non ho fame," disse alla fine mentre posava la forchetta. "sono solo così stanco morto - questo è il problema."

"allora è meglio che ti metta subito a letto. Ecco la mia vecchia vestaglia scozzese - te la ricordi, vero?" ann eliza rise, ricordando le ironie di evelina sul tema dell'abito antiquato. Con dita tremanti cominciò a slacciare il mantello della sorella. L'abito sotto raccontava una storia di povertà che ann eliza non osava soffermarsi a notare. Lo sfilò con delicatezza, e mentre scivolava dalle spalle di evelina rivelò una minuscola borsa nera appesa a un nastro attorno al suo collo. Evelina alzò la mano come per schermare la borsa da ann eliza; e la sorella maggiore, vedendo il gesto, continuò il suo compito con gli occhi bassi. Svestì evelina il più velocemente possibile, e avvolgendola nella vestaglia scozzese la mise a letto e stese il suo scialle e il mantello di sua sorella sopra la coperta.

"dov'è il vecchio rosso comodo?" chiese evelina, mentre si accasciava sul cuscino.

"il comodo? Oh, faceva così caldo e pesante che non l'ho mai usato dopo che te ne sei andato, quindi ho venduto anche quello. Non sono mai riuscito a dormire sotto molti vestiti."

Si rese conto che sua sorella la stava guardando più attentamente.

"immagino che anche tu sia stata nei guai," disse evelina.

"io? Nei guai? Cosa vuoi dire, evelina?"

"hai dovuto impegnare le cose, suppongo," continuò evelina con un tono stanco e impassibile. "beh, ne ho passate di peggio. Sono stato all'inferno e sono tornato."

"oh, evelina, non dirlo, sorella!" implorò ann eliza, rifuggendo dalla parola empia. Si inginocchiò e iniziò a strofinare i piedi di sua sorella sotto le lenzuola.

"sono stata all'inferno e sono tornata, se sono tornata," ripeté evelina. Sollevò la testa dal cuscino e cominciò a parlare con un'improvvisa volubilità febbrile. "è iniziato subito, meno di un mese dopo che ci siamo sposati. Sono stata all'inferno tutto quel tempo, ann eliza." fissò gli occhi con appassionata intenzione sul viso di ann eliza. "ha preso l'oppio. Non l'ho scoperto fino a molto tempo dopo - all'inizio, quando si è comportato in modo così strano, ho pensato che bevesse. Ma era peggio, molto peggio del bere."

"oh, sorella, non dirlo - non dirlo ancora! È così dolce solo averti di nuovo qui con me."

"devo dirlo," insistette evelina, il viso arrossato che ardeva di una specie di amara crudeltà. "non sai com'è la vita - non ne sai niente - se ne stai qui al sicuro per tutto il tempo in questo luogo tranquillo."

"oh, evelina, perché non mi hai scritto e mandato a chiamare se era così?"

"ecco perché non sapevo scrivere. Non pensavi che mi vergognassi?"

"come potresti vergognarti di scrivere ad ann eliza?"

Evelina si sollevò sul gomito magro, mentre ann eliza, chinandosi, le tracciò un lembo dello scialle intorno alla spalla.

"sdraiati di nuovo. Ti prenderai la morte."

"la mia morte? Non mi spaventa! Non sai cosa ho passato." e seduta eretta nel vecchio letto di mogano, con le guance arrossate e il battito dei denti, e il braccio tremante di ann eliza che le stringeva lo scialle al collo, evelina raccontò la sua storia. Era una storia di miseria e umiliazione così lontana dalle esperienze innocenti della sorella maggiore che gran parte di essa le era difficilmente comprensibile. La terribile familiarità di evelina con tutto ciò, la sua scioltezza su cose che ann eliza aveva intuito a metà e da cui si era rapidamente ritratta, le sembravano ancora più aliene e terribili della vera storia che raccontava. Una cosa era - e il cielo sapeva che era già abbastanza grave! - apprendere che il marito di una sorella era un drogato; era un'altra cosa, e molto peggio, imparare dalle labbra pallide di quella sorella quale fosse la viltà dietro quella parola.

Evelina, inconsapevole di ogni angoscia tranne la propria, sedeva in posizione eretta, rabbrividendo nella presa di ann eliza, mentre accumulava, dettaglio dopo dettaglio, la sua triste narrazione.

"nel momento in cui siamo arrivati là fuori, e ha scoperto che il lavoro non era buono come si aspettava, è cambiato. All'inizio pensavo che fosse malato - cercavo di tenerlo a casa e di curarlo. Poi ho visto che era qualcosa di diverso. Usciva per ore alla volta, e quando tornava i suoi occhi più gentili avevano una nebbia su di loro. A volte non mi conosceva molto, e quando lo faceva sembrava odiarmi. Mi ha colpito qui. " si toccò il seno. "ti ricordi, ann eliza, quella volta che non è venuto a trovarci per una settimana - la volta in cui siamo andati tutti insieme a central park - e io e te abbiamo pensato che fosse malato?"

Ann eliza annuì.

"beh, quello era il problema - ci era stato allora. Ma niente di così grave. Dopo che eravamo stati là fuori circa un mese è scomparso per un'intera settimana. Lo riportarono al negozio e gli diedero un'altra possibilità; ma la seconda volta l'hanno licenziato e lui è andato alla deriva per così tanto tempo prima che potesse trovare un altro lavoro. Abbiamo speso tutti i nostri soldi e abbiamo dovuto trasferirci in un posto più economico. Gli ha pagato qualsiasi cosa, e non è rimasto lì a lungo. Quando ha saputo del bambino ... "

"il bambino?" ann eliza esitò.

"è morto - è vissuto solo un giorno. Quando lo ha scoperto, si è arrabbiato e ha detto che non aveva soldi per pagare i conti dei dottori, e che avrei fatto meglio a scriverti per aiutarci. L'idea che tu avessi dei soldi nascosti che non sapevo. " si voltò verso la sorella con occhi pieni di rimorso. "è stato lui che mi ha fatto ottenere quei cento dollari da te."

"zitto, zitto. Lo intendevo sempre per te comunque."

"sì, ma non l'avrei preso se non fosse stato con me per tutto il tempo. Mi faceva fare proprio quello che voleva. Beh, quando ho detto che non ti avrei scritto per più soldi lui ha detto che avrei fatto meglio a cercare di guadagnarmene un po 'da solo. È stato allora che mi ha colpito ... Oh, non sai ancora di cosa sto parlando! ... Ho provato a lavorare da una modista, ma io ero così malato che non potevo restare. Ero malato tutto il tempo. Avrei voluto morire, ann eliza. "

"no, no, evelina."

"sì, lo faccio. Continuava a peggiorare sempre di più. Abbiamo dato in pegno i mobili e ci hanno licenziato perché non potevamo pagare l'affitto; e così siamo andati a bordo con la signora hochmuller."

Ann eliza la strinse più vicino per dissimulare il proprio tremore. "signora hochmuller?"

"non sapevi che era là fuori? Si è trasferita un mese dopo che abbiamo fatto noi. Non era cattiva con me, e penso che abbia cercato di tenerlo dritto, ma linda ..."

"linda ...?"

"beh, quando continuavo a peggiorare, e lui era sempre assente, per giorni alla volta, il dottore mi faceva mandare in ospedale."

"un ospedale? Sorella - sorella!"

"era meglio che stare con lui; ei dottori sono stati molto gentili con me. Dopo la nascita del bambino ero molto malato e dovevo restare lì per un bel po '. E un giorno, mentre ero sdraiata lì, la signora hochmuller entrò come bianco come un lenzuolo, e mi ha detto che lui e linda erano usciti insieme e avevano preso tutti i suoi soldi. Questa è l'ultima volta che l'ho visto. " si interruppe con una risata e ricominciò a tossire.

Ann eliza cercò di convincerla a sdraiarsi e dormire, ma il resto della sua storia dovette essere raccontato prima che potesse essere lenita al consenso. Dopo la notizia della fuga di ramy aveva avuto la febbre cerebrale ed era stata mandata in un altro ospedale dove era rimasta a lungo, per quanto tempo non riusciva a ricordare. Date e giorni non significavano nulla per lei nell'informe rovina della sua vita. Quando ha lasciato l'ospedale ha scoperto che la signora. Anche hochmuller se n'era andato. Era senza un soldo e non aveva nessuno a cui rivolgersi. Una signora visitatrice dell'ospedale è stata gentile e le ha trovato un posto dove faceva i lavori domestici; ma era così debole che non potevano trattenerla. Poi ha trovato lavoro come cameriera in una sala da pranzo del centro, ma un giorno è svenuta mentre consegnava un piatto, e quella sera, quando l'hanno pagata, le hanno detto che non doveva tornare.

"dopo di che ho supplicato per le strade" - (la presa di ann eliza si è di nuovo stretta) - "e un pomeriggio della scorsa settimana, quando stavano uscendo le matinée, ho incontrato un uomo con una faccia piacevole, qualcosa come il signor hawkins, e lui si è fermato e mi ha chiesto quale fosse il problema. Gli ho detto che se mi avesse dato cinque dollari avrei avuto abbastanza soldi per comprare un biglietto per new york, e lui mi ha guardato bene e ha detto, beh, se quello era quello che volevo che andasse direttamente alla stazione con me e mi desse i cinque dollari lì. Così ha fatto ... E ha comprato il biglietto e mi ha messo in macchina ".

Evelina sprofondò all'indietro, il viso un cuneo giallastro nella fessura bianca del cuscino. Ann eliza si chinò su di lei e si strinsero a lungo senza parlare.

Erano ancora strette in questo muto abbraccio quando ci fu un gradino nel negozio e ann eliza, alzandosi, vide la signorina mellins sulla soglia.

"amore mio, signorina bunner! Che diavolo state facendo? Signorina evelina, signora ramy, non siete voi?"

Gli occhi di miss mellins, uscendo dalle orbite, balzarono dal viso pallido di evelina al tavolo disordinato della cena e al mucchio di vestiti logori sul pavimento; poi si voltarono di nuovo verso ann eliza, che si era messa sulla difensiva tra la sorella e la sarta.

"mia sorella evelina è tornata - è tornata per una visita. Si è ammalata in macchina mentre tornava a casa - immagino abbia preso freddo - così l'ho fatta andare subito a letto non appena è arrivata qui."

Ann eliza fu sorpresa dalla forza e dalla fermezza della sua voce. Fortificata dal suo suono continuò, gli occhi fissi sul viso sconcertato della signorina mellins: "il signor ramy è andato a ovest per un viaggio, un viaggio legato ai suoi affari; ed evelina rimarrà con me fino al suo ritorno."

Xii

Quale misura di convinzione ottenuta dalla sua spiegazione del ritorno di evelina nella ristretta cerchia delle sue amiche ann eliza non si soffermò a indagare. Sebbene non ricordasse di aver mai detto una bugia prima, aderì con rigida tenacia alle conseguenze della sua prima perdita di verità e rafforzò la sua affermazione originale con dettagli aggiuntivi ogni volta che un interrogante cercava di prenderla alla sprovvista.

Ma altri e più gravi fardelli gravano sulla sua coscienza sbalordita. Per la prima volta nella sua vita affronta debolmente il terribile problema dell'inutilità del sacrificio di sé. Fino a quel momento non aveva mai pensato di mettere in discussione i principi ereditati che avevano guidato la sua vita. La cancellazione di se stessa per il bene degli altri le era sempre sembrata naturale e necessaria; ma poi aveva dato per scontato che implicasse la garanzia di quel bene. Ora si rendeva conto che rifiutare i doni della vita non garantisce la loro trasmissione a coloro per i quali si erano arresi; e il suo paradiso familiare era disabitato. Sentiva di non potersi più fidare della bontà di dio, e c'era solo un abisso nero sopra il tetto delle sorelle bunner.

Ma c'era poco tempo per rimuginare su tali problemi. La cura di evelina riempiva i giorni e le notti di ann eliza. Il medico chiamato frettolosamente l'aveva dichiarata affetta da polmonite, e sotto le sue cure il primo stress della malattia fu alleviato. Ma la sua guarigione fu solo parziale, e molto tempo dopo che le visite del dottore furono cessate continuò a sdraiarsi a letto, troppo debole per muoversi e apparentemente indifferente a tutto ciò che la riguardava.

Finalmente una sera, circa sei settimane dopo il suo ritorno, disse alla sorella: "non mi sento se mi alzerò mai più".

Ann eliza si voltò dal bollitore che stava mettendo sul fornello. Fu sorpresa dall'eco che le parole si risvegliarono nel suo stesso petto.

"non parlare così, evelina! Immagino che tu sia stanca ... E scoraggiata."

"sì, sono scoraggiata," mormorò evelina.

Pochi mesi prima ann eliza avrebbe incontrato la confessione con una parola di pio ammonimento; ora lo accettava in silenzio.

"forse ti rallegrerai quando la tua tosse migliorerà," suggerì.

"sì, o la mia tosse migliorerà quando mi sarò rasserenato," ribatté evelina con un tocco della sua vecchia asprezza.

"la tua tosse continua a farti male tanto per scherzo?"

"non vedo che c'è molta differenza."

"beh, immagino che farò tornare il dottore," disse ann eliza, cercando il tono naturale con cui si potrebbe parlare di mandare a chiamare l'idraulico o il montatore del gas.

"non serve a niente mandare a chiamare il dottore ... E chi lo pagherà?"

"lo sono", rispose la sorella maggiore. "ecco il tuo tè e un po 'di pane tostato. Non ti tenta?"

Già, nelle veglie della notte, ann eliza era stata tormentata dalla stessa domanda - chi doveva pagare il dottore? - e pochi giorni prima l'aveva temporaneamente zittita prendendo in prestito venti dollari di miss mellins. La transazione le era costata una delle lotte più amare della sua vita. Non aveva mai preso in prestito un centesimo da nessuno prima, e la possibilità di doverlo fare era sempre stata classificata nella sua mente tra quegli estremi vergognosi a cui la provvidenza non permette alle persone perbene. Ma oggigiorno non credeva più alla supervisione personale della provvidenza; e se fosse stata costretta a rubare il denaro invece di prenderlo in prestito, avrebbe sentito che la sua coscienza era l'unico tribunale davanti al quale doveva rispondere. Tuttavia, l'umiliazione reale di dover chiedere i soldi non fu meno amara; e non poteva certo sperare che la signorina mellins considerasse il caso con lo stesso distacco di lei. La signorina mellins è stata molto gentile; ma non pensava innaturalmente che la sua gentilezza dovesse essere ricompensata concedendole il diritto di fare domande; ea poco a poco ann eliza vide il miserabile segreto di evelina scivolare nelle mani della sarta.

Quando arrivò il dottore, lo lasciò solo con evelina, dandosi da fare in negozio perché avesse l'opportunità di vederlo da solo mentre usciva. Per stabilizzarsi cominciò a ordinare un vassoio pieno di bottoni, e quando comparve il dottore recitava sottovoce: "ventiquattro corno, due carte e mezzo perla fantasia ..." vide subito che il suo sguardo era grave .

Si sedette sulla sedia accanto al bancone e la sua mente viaggiò per miglia prima che lui parlasse.

"signorina bunner, la cosa migliore che puoi fare è lasciarmi prendere un letto per tua sorella a san luke."

"l'ospedale?"

"avanti, sei al di sopra di quel tipo di pregiudizio, vero?" il dottore parlava con il tono di chi persuade un bambino viziato. "so quanto sei devoto, ma la signora ramy può essere assistita molto meglio lì che qui. Non hai davvero tempo per prenderti cura di lei e anche per i tuoi affari. Non ci saranno spese, capisci ... "

Ann eliza non ha risposto. "pensi che mia sorella starà male per un bel po ', allora?" lei chiese.

"beh, sì, forse."

"pensi che sia molto malata?"

"beh, sì. È molto malata."

Il suo viso era diventato ancora più serio; se ne stava lì seduto come se non avesse mai saputo cosa significasse affrettarsi.

Ann eliza ha continuato a separare i bottoni di perla e di corno. All'improvviso alzò gli occhi e lo guardò. "morirà?"

Il dottore posò una mano gentile sulle sue. "non lo diciamo mai, signorina bunner. L'abilità umana fa miracoli e all'ospedale la signora ramy avrebbe tutte le possibilità."

"che cos'è? Di cosa sta morendo?"

Il dottore esitò, cercando di sostituire una frase popolare alla terminologia scientifica che gli salì alle labbra.

"voglio sapere," insistette ann eliza.

"sì, certo; capisco. Beh, tua sorella ha passato un periodo difficile ultimamente, e c'è una complicazione di cause, che si traduce in un consumo ... Un consumo rapido. In ospedale ..."

"la terrò qui," disse tranquillamente ann eliza.

Dopo che il dottore se ne fu andato, continuò per un po 'a smistare i bottoni; poi fece scivolare il vassoio al suo posto su uno scaffale dietro il bancone ed entrò nella stanza sul retro. Trovò evelina appoggiata ai cuscini, con un rossore di agitazione sulle guance. Ann eliza tirò su lo scialle che era scivolato dalle spalle della sorella.

"da quanto tempo sei stato! Cosa ha detto?"

"oh, è andato molto tempo fa - si è fermato solo per darmi una ricetta. Stavo sistemando quel vassoio di bottoni. La ragazza della signorina mellins li ha confusi tutti."

Sentì gli occhi di evelina su di lei.

"deve aver detto qualcosa: che cos'era?"

"perché, ha detto che avresti dovuto stare attento - e restare a letto - e prendere questa nuova medicina che ti ha dato."

"ha detto che stavo per guarire?"

"perché, evelina!"

"a che serve, ann eliza? Non mi puoi ingannare. Sono appena stato in piedi per guardarmi allo specchio; e ho visto un sacco di loro in ospedale che mi somigliavano. Non sono guariti , e io non ho intenzione di farlo. " la sua testa ricadde all'indietro. "non importa molto ... Sono quasi stanco. Solo una cosa ... Ann eliza ..."

La sorella maggiore si avvicinò al letto.

"c'è una cosa che non ti ho detto. Non volevo dirtelo ancora perché avevo paura che te ne pentissi, ma se lui dice che morirò devo dirlo." si fermò per tossire, e ad ann eliza ora sembrava che ogni colpo di tosse colpisse un minuto dalle ore che le rimanevano.

"non parlare adesso, sei stanco."

"sarò più stanco domani, immagino. E voglio che tu lo sappia. Siediti vicino a me ... Lì."

Ann eliza si sedette in silenzio, accarezzandole la mano rimpicciolita.

"sono cattolica romana, ann eliza."

"evelina - oh, evelina bunner! Una cattolica romana - tu? Oh, evelina, ti ha creato lui?"

Evelina scosse la testa. "immagino che non avesse una religione; non ne ha mai parlato. Ma vedi la signora hochmuller era cattolica, e così quando ero malata ha convinto il dottore a mandarmi in un ospedale cattolico romano, e le suore erano così buono con me lì ... E il prete veniva a parlarmi; e le cose che diceva mi impedivano di impazzire. Sembrava che rendessero tutto più facile ".

"oh, sorella, come hai potuto?" si lamentò ann eliza. Sapeva poco della religione cattolica tranne che i "papisti" ci credevano - di per sé un atto d'accusa sufficiente. La sua ribellione spirituale non l'aveva liberata dalla parte formale del suo credo religioso, e l'apostasia le era sempre sembrata uno dei peccati da cui i puri di mente distolgono i loro pensieri.

"e poi quando è nato il bambino", ha continuato evelina, "l'ha battezzato subito, così poteva andare in paradiso; e dopo, vedi, dovevo essere cattolica."

"non vedo ..."

"non devo essere dov'è il bambino? Non ci sarei mai andato se non fossi diventato cattolico. Non lo capisci?"

Ann eliza sedeva senza parole, allontanando la mano. Ancora una volta si trovava esclusa dal cuore di evelina, esiliata dai suoi più intimi affetti.

"devo andare dove si trova il bambino," insistette febbrilmente evelina.

Ann eliza non riusciva a pensare a niente da dire; poteva solo sentire che evelina stava morendo e morendo come un'estranea tra le sue braccia. Ramy e il bambino di un giorno l'avevano separata per sempre da sua sorella.

Evelina ricominciò. "se peggioro, voglio che mandi a chiamare un prete. La signorina mellins saprà dove mandare: ha una zia cattolica. Promettimi fedele che lo farai."

"lo prometto", ha detto ann eliza.

Dopo di che non parlarono più della questione; ma ora ann eliza capì che la piccola borsa nera al collo di sua sorella, che aveva preso innocentemente per un ricordo di ramy, era una specie di amuleto sacrilego, e le sue dita si ritrassero dal contatto quando faceva il bagno e vestiva evelina. Le sembrava lo strumento diabolico del loro allontanamento.

Xiii

La primavera era finalmente arrivata. Sull'albero di ailanto c'erano foglie che evelina poteva vedere dal suo letto, nuvole gentili galleggiavano su di esso nell'azzurro, e di tanto in tanto il grido di un fioraio risuonava dalla strada.

Un giorno bussarono timidamente alla porta della stanza sul retro e johnny hawkins entrò con due giunchiglie gialle in pugno. Stava diventando più grande e più quadrato, e la sua faccia tonda e lentigginosa stava diventando una copia più piccola di quella di suo padre. Si avvicinò a evelina e gli porse i fiori.

"sono saltati giù dal carrello e il tizio ha detto che potevo tenerli. Ma puoi averli", annunciò.

Ann eliza si alzò dal suo posto alla macchina da cucire e cercò di prendergli i fiori.

"non sono per te; sono per lei," obiettò con fermezza; ed evelina tese la mano per le giunchiglie.

Dopo che johnny se ne fu andato, si sdraiò e li guardò senza parlare. Ann eliza, che era tornata alla macchina, chinò la testa sulla cucitura che stava cucendo; il clic, il clic, il clic della macchina suonava nel suo orecchio come il ticchettio dell'orologio di ramy, e le sembrava che la vita fosse andata indietro, e che evelina, radiosa e sciocca, fosse appena entrata nella stanza con i fiori gialli in la sua mano.

Quando finalmente si azzardò a guardare in alto, vide che la testa della sorella si era abbassata contro il cuscino e che dormiva tranquilla. La sua mano rilassata reggeva ancora le giunchiglie, ma era evidente che non avevano risvegliato nessun ricordo; si era appisolata quasi subito dopo che johnny gliele aveva date. La scoperta diede ad ann eliza un senso di sorpresa delle rovine che dovevano essere ammucchiate sul suo passato. "non credo che avrei potuto dimenticare quel giorno, però," disse a se stessa. Ma era contenta che evelina se ne fosse dimenticata.

La malattia di evelina proseguì lungo il solito corso, sollevandola ora in una breve ondata di euforia, ora facendola sprofondare in nuove profondità di debolezza. C'era poco da fare e il dottore veniva solo a intervalli sempre più lunghi. Uscendo ripeteva sempre il suo primo amichevole suggerimento di mandare evelina in ospedale; e ann eliza rispondeva sempre: "immagino che ce la possiamo fare".

Le ore passavano per lei con la feroce rapidità che la grande gioia o l'angoscia conferiscono loro. Passava le giornate con una precisione severa e sorridente, ma sapeva a malapena cosa stava succedendo, e quando la notte la liberò dal negozio e poté portare il suo lavoro al capezzale di evelina, lo stesso senso di irrealtà la accompagnò, e lei sembrava ancora portare a termine un compito il cui oggetto le era sfuggito alla memoria.

Una volta, quando evelina si sentì meglio, espresse il desiderio di fare dei fiori artificiali, e ann eliza, delusa da questo interesse risvegliato, tirò fuori i fasci sbiaditi di steli e petali e gli arnesi e le bobine di filo. Ma dopo pochi minuti il lavoro è caduto dalle mani di evelina e lei ha detto: "aspetterò fino a domani".

Non parlò mai più della fioraia, ma un giorno, dopo aver visto il faticoso tentativo di ann eliza di accorciare un cappello primaverile per la signora. Hawkins, chiese con impazienza che le venisse portato il cappello, e in un batter d'occhio aveva galvanizzato l'arco senza vita e dato alla tesa la torsione di cui aveva bisogno.

Questi erano bagliori rari; e più frequenti erano i giorni di muta stanchezza, quando lei restava per ore in silenzio a fissare la finestra, scossa solo dal colpo di tosse incessante che suonava ad ann eliza come il martellare dei chiodi in una bara.

Finalmente una mattina ann eliza, alzandosi dal materasso ai piedi del letto, chiamò frettolosamente la signorina mellins giù e corse attraverso l'alba fumosa per il dottore. Tornò con lei e fece quello che poteva per dare a evelina un momentaneo sollievo; poi se ne andò, promettendo di guardare di nuovo prima di notte. La signorina mellins, con la testa ancora ricoperta di fogli arricciati, scomparve dietro di lui, e quando le sorelle furono sole evelina fece un cenno ad ann eliza.

"hai promesso," sussurrò, afferrando il braccio della sorella; e ann eliza comprese. Non aveva ancora osato dire alla signorina mellins del cambio di fede di evelina; gli era sembrato ancora più difficile che prendere in prestito il denaro; ma ora doveva essere fatto. Corse di sopra dietro la sarta e la trattenne sul pianerottolo.

"signorina mellins, può dirmi dove mandare a chiamare un prete, un prete cattolico romano?"

"un prete, signorina bunner?"

"sì. Mia sorella è diventata cattolica romana mentre era via. Sono stati gentili con lei nella sua malattia - e ora lei vuole un prete." ann eliza affrontò la signorina mellins con occhi risoluti.

"mia zia dugan lo saprà. Corro subito da lei non appena tolgo i documenti", promise la sarta; e ann eliza la ringraziò.

Un'ora o due dopo apparve il prete. Ann eliza, che stava guardando, lo vide scendere le scale fino alla porta del negozio e gli andò incontro. La sua espressione era gentile, ma lei si ritrasse dal suo vestito particolare e dal suo viso pallido con il mento bluastro e il sorriso enigmatico. Ann eliza è rimasta nel negozio. La ragazza della signorina mellins aveva mescolato di nuovo i bottoni e si era messa a selezionarli. Il prete rimase a lungo con evelina. Quando portò di nuovo il suo sorriso enigmatico oltre il bancone, e ann eliza raggiunse sua sorella, evelina sorrideva con qualcosa dello stesso mistero; ma lei non ha rivelato il suo segreto.

Dopodiché sembrava ad ann eliza che il negozio e il retrobottega non le appartenessero più. Era come se lei fosse lì a soffrire, indulgentemente tollerata dal potere invisibile che aleggiava su evelina anche in assenza del suo ministro. Il prete veniva quasi tutti i giorni; e finalmente arrivò il giorno in cui fu chiamato ad amministrare un rito di cui ann eliza, ma colse vagamente il significato sacramentale. Tutto quello che sapeva era che significava che evelina stava andando, e andando, sotto questa guida aliena, anche più lontano da lei che nei luoghi oscuri della morte.

Quando arrivò il prete, con qualcosa coperto tra le mani, si intrufolò nella bottega, chiudendo la porta del retro per lasciarlo solo con evelina.

Era un caldo pomeriggio di maggio, e l'albero di ailanto storto, radicato in una fessura del selciato opposto, era una fontana di un verde tenero. Donne in abiti leggeri passavano con il passo languido della primavera; e subito arrivò un uomo con un carretto pieno di viola del pensiero e piante di geranio che si fermò fuori dalla finestra, facendo segno ad ann eliza di comprare.

Passò un'ora prima che la porta della stanza sul retro si aprisse e il prete ricomparisse con quel misterioso oggetto coperto tra le mani. Ann eliza si era alzata, indietreggiando al suo passaggio. Senza dubbio aveva intuito la sua antipatia, perché fino a quel momento si era solo inchinato entrando e uscendo; ma oggi si è fermato e l'ha guardata con compassione.

"ho lasciato tua sorella in uno stato d'animo molto bello," disse a bassa voce come quella di una donna. "è piena di consolazione spiritualc".

Ann eliza tacque, si inchinò ed uscì. Si affrettò a tornare al letto di evelina e vi si inginocchiò accanto. Gli occhi di evelina erano molto grandi e luminosi; li accese ann eliza con uno sguardo di illuminazione interiore.

"vedrò il bambino", disse; poi le sue palpebre caddero e si appisolò.

Il dottore tornò al calar della notte, somministrando alcuni ultimi palliativi; e dopo che se n'era andato con ann eliza, rifiutando di condividere la sua veglia con la signorina mellins o la signora. Hawkins, si sedette per vegliare da solo.

Era una notte molto tranquilla. Evelina non parlava né apriva mai gli occhi, ma nell'ora tranquilla prima dell'alba ann eliza vide che la mano inquieta fuori dalle coperte aveva smesso di contrarsi. Si chinò e non sentì respiro sulle labbra di sua sorella.

Il funerale ebbe luogo tre giorni dopo. Evelina fu sepolta nel cimitero del calvario, il prete si prese tutta la cura delle disposizioni necessarie, mentre ann eliza, una spettatrice passiva, osservava con indifferenza di pietra quest'ultima negazione del suo passato.

Una settimana dopo era rimasta con il cappello e il mantello sulla soglia della piccola bottega. Tutto il suo aspetto era cambiato. Il bancone e gli scaffali erano spogli, la finestra era spogliata della sua familiare miscellanea di fiori artificiali, carta da appunti, cornici metalliche per cappelli e indumenti molli del tintore; e contro il vetro della porta era appeso un cartello: "questo negozio in affitto".

Ann eliza distolse gli occhi dal cartello mentre usciva e chiuse la porta dietro di sé. Il funerale di evelina era stato molto costoso e ann eliza, avendo venduto le sue scorte di magazzino ei pochi mobili che le rimanevano, usciva dal negozio per l'ultima volta. Non era riuscita a comprare alcun lutto, ma la signorina mellins aveva cucito un pezzo di crespo sul suo vecchio mantello e cuffia neri, e non avendo guanti fece scivolare le mani nude sotto le pieghe del mantello.

Era una bella mattina, e l'aria era piena di un caldo sole che aveva convinto ad aprire quasi tutte le finestre della strada, e richiamato ai davanzali delle finestre le piante malate coltivate in casa in inverno. La via di ann eliza si estendeva verso ovest, verso broadway; ma all'angolo si fermò e guardò di nuovo lungo la familiare lunghezza della strada. I suoi occhi si posarono un momento sulle "sorelle bunner" macchiate sopra la vetrina vuota del negozio; poi proseguirono verso il fogliame traboccante della piazza, sopra il quale c'era il campanile della chiesa con il quadrante che aveva segnato le ore delle suore prima che ann eliza acquistasse l'orologio di nichel. Lo guardava come se fosse stato il teatro di una vita sconosciuta, di cui le era pervenuto il vago resoconto: sentiva per sé l'unica remota compassione che le persone indaffarate accordano alle disgrazie che vengono loro per sentito dire.

Andò a broadway e scese all'ufficio dell'agente di casa a cui aveva affidato il subaffitto del negozio. Lasciò la chiave a uno dei suoi impiegati, che gliela prese come se fosse stato uno qualsiasi tra mille altri, e osservò che il tempo sembrava davvero in arrivo; poi si voltò e iniziò a risalire la grande arteria, che stava appena cominciando a risvegliarsi alle sue innumerevoli attività.

Ora camminava meno rapidamente, studiando ogni vetrina al suo passaggio, ma non con l'occhio occasionale del godimento: la vigile fissità del suo sguardo trascurava tutto tranne l'oggetto della sua ricerca. Alla fine si fermò davanti a una piccola finestra incuneata tra due edifici giganteschi, e mostrando, dietro la sua lastra di vetro splendente decorata con mussola, un vario assortimento di cuscini per divani, tovaglie da tè, strofinacci, calendari dipinti e altri industria. In un angolo della finestra aveva letto, su un foglietto di carta incollato contro il vetro: "ricercata, una commessa", e dopo aver studiato l'esposizione di articoli fantasiosi sotto di essa, si scosse il mantello, raddrizzò le spalle e andò nel.

Dietro un bancone affollato di spille, porta orologi e altre sciocchezze ricamate, una giovane donna grassoccia con i capelli lisci sedeva a cucire fiocchi di nastro su un cestino di scarto. La bottega aveva all'incirca le dimensioni di quella in cui ann eliza aveva appena chiuso la porta; e sembrava fresco, allegro e fiorente come lei ed evelina avevano sognato una volta di fare sorelle bunner. L'aria amichevole del luogo le fece prendere il coraggio di parlare.

"commessa? Sì, ne vogliamo uno. Avete qualcuno da consigliare?" chiese la giovane donna, non scortese.

Ann eliza esitò, sconcertata dalla domanda inaspettata; e l'altra, inclinando la testa da un lato per studiare l'effetto del fiocco che aveva appena cucito sul cesto, continuò: "non possiamo permetterci più di trenta dollari al mese, ma il lavoro è leggero. Per fare un po 'di fantasia da cucire tra le volte. Vogliamo una ragazza brillante: modi eleganti e piacevoli. Sai cosa intendo. Non più di trenta, comunque; e di bell'aspetto. Scriverai il nome? "

Ann eliza la guardò confusa. Aprì le labbra per spiegare e poi, senza parlare, si voltò verso la porta con le tende.

"non hai intenzione di lasciare l'ad-dress?" gridò dietro di lei la giovane donna. Ann eliza uscì nella strada affollata. La grande città, sotto il bel cielo primaverile, sembrava pulsare per il fremito di innumerevoli inizi. Proseguì, cercando un'altra vetrina con un'insegna.

La fine.

Lightning Source UK Ltd.
Milton Keynes UK
UKHW020635091121
393664UK00013B/757